近代日本における私生活と政治
与謝野晶子と平塚らいてう

自己探求の思想

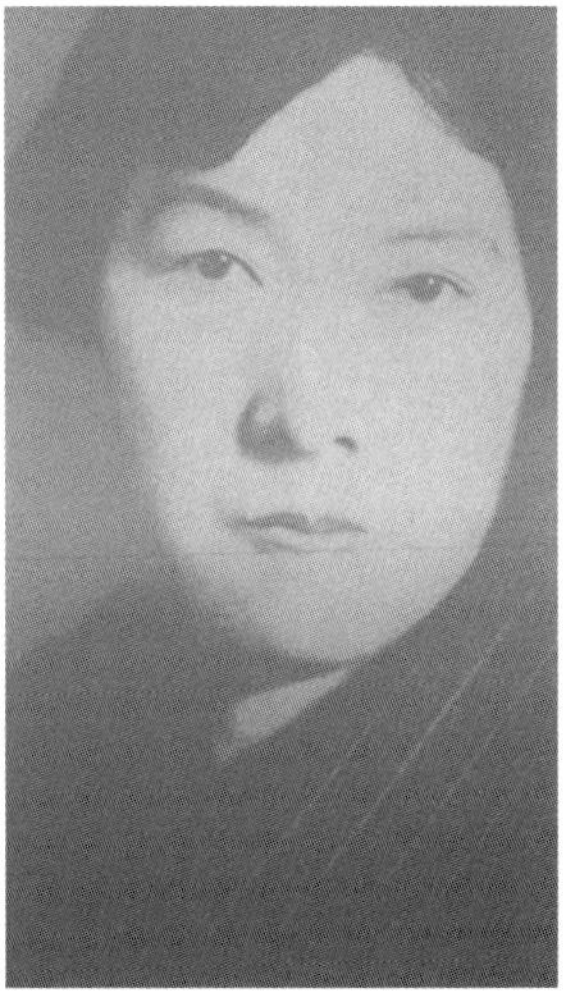

小嶋翔
Sho Kojima

東北大学出版会

Private Life and Politics in Modern Japan
Akiko YOSANO and Raicho HIRATSUKA :
Thought of Self-quest
KOJIMA Sho
Tohoku University Press, Sendai
ISBN978-4-86163-287-7

本書は「第13回東北大学出版会若手研究者出版助成」（2015年）の
制度によって刊行されたものです。

目次

凡例　iv

序論　1

一、はじめに―問題の所在　1

（一）公共への関心という問題　1／（二）日本における公と私　4／（三）私生活と政治　6

二、思想史叙述における「生活」　10

（一）「生活」概念の用法　10／（二）民衆史研究における「生活」と秩序　13

三、私的な個人と公的な国家　16

四、「生活」主体の行方　21

五、方法論的考察　25

前篇　与謝野晶子篇　33

第一章　自己の選択　35

一、選択された自己、捨象された自己―雑誌『明星』における個人　36

（一）形而下における彼岸への渡河　36／（二）此岸の自己と彼岸の自己　43／（三）虚妄の自己への賭け　47

二、自己肯定の思想　53

（一）新たな自己の選択―明治末年の「煩悶」　53／（二）自己認識のあり方　61
第二章　いかにも「私」的な個人と国家　71
一、「君死にたまふことなかれ」考　72
二、大逆事件と与謝野　78
三、「私」的個人としての自己への確信　84
第三章　個人の倫理的独立―母性保護論争再考　95
一、国家なるものの功罪　96
二、経済関係における倫理　101
三、人間への倫理的信頼と浪漫主義精神　105
（一）浪漫主義への回帰　105／（二）日常の中に見出される全人類的倫理　110
小括　114
後篇　平塚らいてう篇　121
第四章　何者でもない者、何者かでありたい者　123
一、自他を語る言葉への不信　124
二、言葉と社会　130
三、語りにおける完全なる主体としての「太陽」　136

四、何者でもない者と国家　140

第五章　連帯の思想―青鞜社から新婦人協会へ　149
一、個人を越えた集団の発見―「私達」の成立と終焉　150
（一）青鞜という社会　150／（二）伊藤野枝との往復書簡　158
二、社会集団の段階構築論　163
（一）「生活」という原点　163／（二）迷走する新婦人協会　168
三、倫理と実践　171

第六章　「消費組合我等の家」考　179
一、東京共働社とその成城支部　180
二、消費組合運動における地道さの問題　184
三、成城学園都市における消費組合運動の実相　188
四、平塚の消費組合運動観とその意味　193
五、「我等の家」独立についての考察　198
小括　204

結論　213

初出一覧　223

あとがき　224

凡例

・引用資料中、旧字体・異体字は新字体に適宜改めた。
・引用資料中の「……」は筆者による省略、引用資料中の〔 〕は筆者による注釈を示す。なお、「・・・・」は省略ではなく、資料中でそのような表記になっている箇所である。
・詩を資料として用いる場合、行変えは「／」、連変えは二字分の空白で表した。
・註で『全集』とあるのは『定本与謝野晶子全集』（講談社、一九八〇年）、『集成』とあるのは逸見久美編『与謝野寛晶子書簡集成』（八木書店、二〇〇二年）の略である。
・引用資料の初出が不明の場合は最初に再録された書誌名（刊行年）を記す。
・引用した与謝野と平塚の資料については、初出の掲載誌における署名の仕方に拘らず、註での筆者名表記を「与謝野」「平塚」で統一した。
・本文中で引用した文献の著者が故人である場合、敬称を省略した。

序論

一、はじめに―問題の所在

（一）公共への関心という問題

政治や社会といった事柄に対する無関心は、歴史上における問題というよりも、むしろ昨今よく言われる問題である。

日本においては、近代国家となった明治以降、出自や身分による差別は、少なくとも建前としては無いものとされた。福澤諭吉が『学問のすゝめ』（初編、一八七二）で「天は人の上に人を造らず、人の下に人を造らずと云へり」[1]と記したように、前時代まで存在した出自や身分といった自然的な人間の上下は排された。天に代わって「人の上に人を造」り、「人の下に人を造」るものは学問だとされた。志と能力のある者は、前時代の身分や出自に囚われることなく、政治や社会の問題に関与する機会を与えられるという建前になった。

しかし、だからといって、人々は我先にと競って政治や社会の問題に関与しようとしたわけではなかった。

概して云へば今の時節は上下貴賤皆得意の色を為すべくして、貧乏の一事を除くの外は更に身心を窘るものなし。討死も損なり、敵討も空なり、師に出れば危し、腹を切れば痛たし。学問も仕官もただ銭のためのみ、銭さえあれば何事も勉めざるも可なり、銭の向う所は天下に敵なしとて、人の品行は銭を以て相場を立たるものゝ如し。この有様を以て昔の窮屈なる時代に比すれば、豈これを気楽なりと云わざるべけんや。故に云はく、今の人民は重荷を卸して正に休息する者なり。[2]

福澤は『文明論之概略』（一八七五）で、前時代までの秩序の喪失によって、人々が公的な義を尽くすことを軽んじ、ただ「気楽」な私利私欲の徒となっていることをこのように皮肉っている。天下国家に志を遂げようとする者がいなかったわけではない。しかし、全人口から見れば、それはかなりの少数派である。時代が下って大正に入ると、たとえば徳富蘇峰が大正青年の無気力無関心ぶりを嘆いていた。

概して云へば、其の正直、正路の青年は、学校にありては、学科に窮迫せられ、社会に出てゝは、生活に駆迫せられ、殆ど他事を顧みるに遑あらさるものあり。而して其の脱線青年に到りては、或は耽溺に脱線し、或は煩悶に脱線し、或は妄行に脱線し、或は妄想に脱線するも、要するに均しく脱線して、到底彼等に向て、帝国の運命を、双肩に担く可く期待す可きにあらす。[3]

一定程度に教育が普及してみれば、青年たちの多くはかえって日々の単なる学業や生業に追われるばかりだった。中には新時代の思想や哲学にかぶれ、「耽溺」「煩悶」に陥る者も現れた。その有様は、とても「帝国の運命を、双肩に担く可く期待」できるようなものではなかった。

その青年たちの心情を、石川啄木「時代閉塞の現状」(一九一〇)は次のように書いている。

「国家は強大でなければならぬ。我々は夫を阻害すべき何らの理由も有つてゐない。但し我々だけはそれにお手伝するのは御免だ!」これ実に今日比較的教養ある殆ど総ての青年が国家と他人たる境遇に於て有ち得る愛国心の全体ではないか。そうして此の結論は、特に実業界などに志す一部の青年の間には、更に一層明晰になつてゐる。曰く、「国家は帝国主義で以て日に増し強大になつて行く。誠に結構な事だ。だから我々もよろしくその真似をしなければならぬ。正義だの、人道だのといふ事にはお構ひなしに一生懸命儲けなければならぬ。国の為なんて考える暇があるものか!」[4]

教養ある青年たちにとって、国家が問題になるのは「それが我々の個人的利害に関係する時だけ」だった。「徴兵検査の為に非常な危惧を感じ」ることや、「総ての青年の権利たる教育が其一部分―富有なる父兄を有つた一部分だけの特権」となっていることや、「更にそれが無法なる試験制度の為に更に又其約三分の一だけに限られてゐる」ことなどは、青年たちに国家への関心ではなく、むしろ「国家と他人たる境遇」をもたらしていた[5]。

歴史学はしばしば、国家と国民との関係性を問題にしてきた。そこで期待されるのは、たいていの場合、国家に対する国民の主体的な営みだった。しかし、実際にはどうだろうか。おそらく人間とは、ひとなみの教育を与えられたり、ある程度自由な時代を迎えたり、また逆に、多少理不尽な境遇に晒されたり、それなりに矛盾のある時代に生きていたり、というくらいでは、公共的な事柄に関心を持たない—少なくとも、自主独立した政治主体などにはならない—のだろう。そのような関心を持つ以前に、多くの人々は学業や生業といった日々の営みで精一杯だったのだ。公共的な事柄への無関心は、何も今日だけの問題ではない。近代的な個人なるものが、その自由で平等な社会秩序故にかえって公的な関心を失い、私的で矮小化された世界に閉じこもり、ややもすれば民主主義的な政治体制を内部から腐敗させてしまう—このことは、たとえばアレクシス・ド・トクヴィルも危惧したように[6]、近代民主主義における宿命的な課題である。

（二）日本における公と私

「私生活」を主題とした本書も、基本的には右のような問題関心に沿っている。本書における「私生活」とは、国家、社会、政治といった公的な事柄に直ちに連関を持たない—少なくとも、たいていの当事者にとっては連関があるとは感じられない—、そうした日々の営みのことを指している。

この意味での「私生活」とは、「public」に対する「private」だと言い換えることもできるだろう。ハンナ・アーレントが論じたように、たとえば古代ギリシャ・ローマにおいては、プライバシーという意味での私的生活における人間は、公共空間（ポリス）に関与していないという意味において、人間としては欠如した状態だった。ロゴスへの信頼は、実際的な生計の必要に囚われることを否定的にみなし、むしろ観照的な人間のあり方こそが肯定された[7]。その時代には身分制度があり、為政者は実際的な生計の必要に囚われる心配が無かったから、それで問題は無かった。

「private」としての私的領域は、近代化の過程において次第にその意義が認知されるようになった。むしろ、私的領域こそが個人の自由を保障するものとみなされた。そして、人間を含めこの世界を普く包容するロゴスへの信頼が失われたことは、私的な個人と、ロゴスによらない秩序経営の必要を発見させた（政治の手段化）。また、それと同時に、台頭した私的な個人がいかに公共との関係性を持ち得るのかが、政治思想における課題となった。それはなお今日的な課題である[8]。

日本における「private」としての私的領域の成立は、近代国民国家の成立と軌を一にする。現在においては「public／private」に対応する「公／私」の語が、前近代においてはそのような意味でなかったことは周知のことである[9]。前近代的なイエではなく、一夫一婦による近代的な「家庭」の成立は、公共領域としての国家社会を担う男性と、私的領域を担う女性というジェンダー秩序の成立[10]とともに、「生活」の問題を私的領域の中に押し込めることになった。

一方で、近代日本においては、必ずしも私的領域それ自体の価値が認められたわけではなかった。日本における伝統的な「公／私」概念では、「私」とはより上位の「公」に対する下位の「公」を指すものだった。たとえば、人民は藩に対して「私」であり、藩は幕府に対して「私」であり、逆に幕府は藩に対して「公」であり、藩は人民に対して「公」だった。大小の「公」が入れ子型に重なっていく社会構造において、最下位にある個人は何に対しても「公」ではないという意味で単なる「私」であり、その価値は容易に承認されなかった[11]。福澤諭吉は、こうした「公／私」構造を前提に、国家の問題もまた世界というより上位の「公」に対しては「私」の問題であるとした（—「立国は私なり」[12]）が、中央集権の近代国家として確立された大日本帝国は、やがて「公」をみずからの専売特許とするようになった。かくして近代日本は、「公」を大日本帝国が独占し、「私」としての個人の価値は認められない状態にあった。「滅私奉公」が一つの美徳ともされた。

第二次世界大戦と大日本帝国の崩壊を経ても、「私」に対する「公」の優位は、そうは変わらなかったようだ。重要だったのは、「私」が「公」に開かれることだった。たとえば丸山眞男は「個人析出のさまざまなパターン」(一九六八)において、近代日本において「私化 privatization」された個人のあり方を「公共の目的よりは個人の私的欲求の充足を志向」する、「関心の視野が個人個人の「私的」なことがらに限局され」るものだとした。その最たる例として挙げられるのは日露戦争後の自然主義文学であり、また「高等遊民」や「煩悶青年」といった青年層の思想傾向もその例にもれなかった。「私」に閉じこもって他者と対峙することなく、結果として公共的な事柄への関心を失った近代日本におけるある種の個人主義に、丸山は思想的な退廃を見たのである[13]。

(三) 私生活と政治

「私生活」の問題がとりわけ重要になるのは、資本主義の発展に伴う都市化と、そこに暮らす大衆の出現以後のことだろう。伝統的な共同体秩序を離れ、個人として近代産業社会に生きる人々の出現は、政治的作為の対象としての「生活」の問題をクローズアップさせることになった[14]。新たに登場した大衆という政治アクターは、「家庭」における日々の暮らし―「私生活」―の安定を第一に考え、ときに彼等の「私生活」における必要を政治に要求した。大衆の政治的要求は、たいていの場合は気紛れで感情的であり、政治的言動としては洗練されたものでなく、その現実性も乏しかった。「私生活」に依拠しながら政治に関心を持つというよりは、単に「私生活」の必要や感覚的な欲求の実現を、国家や政治に要求しているだけのようにすら見られた。大衆が政治的な力を持つことは、多くの為政者にとって危惧すべきことであり、リベラルな思想の持ち主であっても、ただちにそうした人々の政治力に期待することはなく、むしろ大衆は政治的に教育されるべきであると考えられた[15]。

結局のところ、政治の裾野の拡大という現象とは裏腹に、巨大で複雑な行政機構や経済システムを持つ近代国家の政治は、とりたてて専門的な知や経験を持たない人々には、理解するには難しすぎるのだろう。政治主体であることが要求され、また制度上は政治主体たり得たとしても、実際に主体的であることは困難である。このように、「私生活」に生きる都市大衆は、個々としては政治主体と言えるような存在ではないにも拘わらず、その総体（世論）としては政治上のアクターとして機能した。かかる不可思議な存在を近代国家は全的に無視することはできず、むしろ政治腐敗の防止や福祉の向上といった面においては、世論が効果的に政治に反映されることはよいことだと考えられる場合もあった。またその一方で、必ずしも理性的とは言いがたい大衆の政治的要求に迎合する為政者を生む温床ともなった（ポピュリズムの問題）。

もっとも今日では、巨大な行政機構を有する近代国家が「公」を独占する事態は、すでに過去のものとなりつつある――少なくとも、過去のものとなることが期待されている。それは特に社会福祉など、人々の「私生活」に直結する社会環境の整備といった問題において顕著である。二一世紀の今日において、国家がすべての国民の「私生活」を十全にフォローすることの不可能は明らかであり、地域コミュニティの再生から各種の社会団体の活動まで、多様なアクターによる社会の多元的な維持が期待されるようになった。その際に重要であるのは、いかに国家が「公」を独占する状態が解消されたとしても、結局のところ、そこで新たに立ち現れてくるのが、自主独立した主体的個人が集う均一で調和的な市民社会のようなものではないという点である。今日においては近代国民国家の自明性は失われ、その内部にはセクシュアリティやエスニシティを異にする様々な文化的集合が乱立し、それらは社会的価値や言説的資源をめぐって相互に対立する様相を見せている[16]。また、そうした文化的多様性を持ち出すまでもなく、かつてのロゴスのような、「公」の優位を無条件に保障してくれる普遍的価値が失われた今日においては、やはり人間とは、基本的にはそれぞれの「私」を生きるものであるように思われる[17]。今日において、「私生活」を生きる個々人は、どのように政治や社会との建設的で現実的な関係性を持ち得るのだろうか。その是非はさておき、まずは「私」として「生活」に生きる個人そのものを考えることが必要だろう[18]。かくして本書が問題とするのは、私生活と政治（私／公）の関係史ではなく、私生活それ自体の政治思想史である。

具体的な検討対象となるのは、与謝野晶子・平塚明子（らいてう）[19]という二人の思想家である。近代において私的領域とされた「生活」を対象化しようとする本書が、この二人を適当な検討対象であると考えるのは、言うまでも無いことであるが、二人が女性であるからではない。本書がこの二人を検討対象として取り上げる理由、また二人の思想をどのように分析していくのかについて、次節以降あるいは本論の内容とも重複するが、ここで簡単に示しておきたい。

二人がそれぞれ最初に世に名を挙げたのは、文学や哲学といった分野においてだった。その活動は、自己を表現し、あるいは省察しようとする近代的個人としての欲求に根ざしていた。また同時に、二人は為政者ではなく、官学アカデミズムに属するわけでもなく、傑出した文学的・思想的業績を残したとはいえ、頂点思想家というほどでもなかった。その上で、それぞれの問題関心に沿って言論家・社会運動家として活動したが、両者の問題関心に共通して指摘できるのは、その根底に「私」的な「生活」を生きる個人であるという自覚があったことである。そして、その「私」性は、後述するように、戦後の近代思想史・近代史研究においては、しばしば（ときに批判的に）言及の対象になった。

また、二人の思想は単に国家とのみ対峙するものではなく、市民社会の内部における価値の闘争を試みようとしたものだった。闘争相手が国家だった場合もあるが、ときにそれは男性社会でもあったし、また性別を同一にすると考えられる与謝野と平塚の間においても激しい論争が行われた。特に一九一八（大正七）年に起こったいわゆる「母性保護論争」は、都市における「私生活」の政治問題化を考える上で格好の題材である。

与謝野と平塚が論争を戦わせた「母性保護論争」とは、出産・育児における主たる担い手であるとされた女性への経済的・社会的保護（母性保護）について、それを個人レベルで行うべきか、それとも国家レベルで行うべきかを問題にした論争だった。出産・育児は、家族の生計という意味では「私」的に、国民生命の再生産という意味では「公」的に捉えることのできる問題である。伝統的な共同体秩序を離れた都市の個人が経済的困難に直面した際、この問題の解決をどこに求めようとしたのかは、近代における公共秩序の再編を考える上では重要なヒントとなり得るだろう。

くりかえすが、私的領域としての「生活」を女性の領分とみなす通俗的な社会観に本書は与するものではない。しかし、以上のことから、ここまでに述べたような「私」化した個人の問題、また都市において「私生活」を生きる大衆と政治との関係という問題について、二人の思想は有意な事例を提示してくれるものだと考える。以下では本論に入る前に、こうした課題を今日どのように論じるべきであるか、諸先達の議論を辿りながら、より詳しく検討したい。

二、思想史叙述における「生活」

（一）「生活」概念の用法

「生活」に着目する思想史研究の方法は、かなり古くからあった。それらはおおむね、「生活」に着目することによって、為政者や特権階級に限定されない、広く一般的な人々を歴史主体として評価しようとするものだった。たとえば津田左右吉は、その大著『文学に現はれたる我が国民思想の研究』（一九一七〜）の序文で次のように書いている。

世間に於いて兎もすれば、思想といふものが実生活と離れて存在するもののやうに見做されてゐはしまいかと疑われるからである。例へば国民生活の状態に大なる変遷があつたに拘はらず、尊皇愛国の思想は昔も今も全く同じものと考へられてゐはしなからうか。我が国に発生した武士道といふものの淵源を、儒教とか仏教とかいふ異国の思想にのみ求めるやうなことは無からうか。又た或は支那人の作り上げた儒教が、其の支那人とは生活状態の迥かに違つてゐる我が国に其のまゝ行はれてゐたやうに思はれてゐはしまいか。もしくは東洋思想とか東洋趣味とかいふ曖昧の名の下に我が国民の思想や趣味を印度人や支那人のそれと混同して考へるやうなことがありはしまいか。是は一、二の例に過ぎないのであるが、多くの点に於いてかういふやうな傾向があるのでは無からうか。もしあるとすれば、それは皆な思想と実生活とを離れ〲にして考へるためでは無からうか。[20]

「思想と実生活とを離れ〲にして考へ」た場合、その「思想」は外来のものと違いがなくなってしまう―津田は「生活」なる概念を、ある思想が内在的要因で生じたものであることを示す根拠として考えた。「思想」とは「実生活」と結びついたものであるべきだというのが津田の立場である。

「生活」的な思想と対峙させられたのは外来思想である。津田は「生活」由来の思想こそが「国民」的な思想だと考える[21]。津田の議論に対して、たとえば「国民」の再生産に寄与しているというような、国民国家論的な観点からの批判も可能だろう。その問題については後述するとして、確認しておきたいのは、津田が示した「生活」なる概念の可能性である。「尊皇愛国の思想は昔も今も全く同じものと考へられてゐはしなからうか」という一節からは、その時点で絶対視されている思考様式に対しても、歴史的な生成物として捉え、相対化することができる視点の在処として「生活」が期待されていることがうかがえる。津田がそうした意図を持っていたことと、津田が「国民」という絶対的な思考様式を脱構築できなかったこととは、また別の問題である。少なくとも「生活」は、批判精神の根源的な拠り所だと考えられたのである。

しかし、津田が「生活」の思想と「国民」の思想を等置したように、「生活」それ自体の意味内容はあまり問題とならなかったようだ。たとえば、戦後の早い段階で出された近代思想史研究のまとまった業績である遠山茂樹・山崎正一・大井正編『近代日本思想史』(一九五六)の第十四章「近代日本思想史における諸問題」では、宮川透が「外来の近代西欧思想の移植史ともいうべき近代日本思想史」には二つの類型があるとした。一つは「天皇制イデオロギーの支柱である神儒仏イデオロギー」という伝統思想の上に単に「西欧近代思想」を「接木」したもの、もう一つは伝統思想に背を向けてひたすらに「西欧近代思想」に走ったものである。宮川によれば、それらはいずれも「民族的伝統思想ないし民族的庶民感情との真の対決」を欠いていたことから、結局は「移植観念性を払拭しえな」いものだった[22]。宮川は二つ目の類型の最たる例として

「進歩的知識階層」におけるマルクス主義受容を挙げ、それがとかく観念的なイデオロギー論に終始して「国民大衆への浸透」を果たせなかった[23]ことについて次のように論じている。

　国民大衆の生活において維持され脈打っているはずの革命的民族的庶民感情を吸いあげ、それに外来西欧の革命思想を媒介させ、かくすることを通じて、それを、民族的基盤においてみずからのものとして再編成してゆく地道な道を回避し、総じて伝統的なるものをただちに前近代的＝封建的なものと等値することによって、直輸入された既成の外来西欧の進歩思想によって否定し克服するという安易な道に通じていたのである。[24]

津田は「生活」を批判精神の拠り所として期待することで、外来思想ではないところの「国民」の思想を描き出そうとした。宮川は外来思想をそのまま複製しただけのものではない「革命的民族的感情」に依拠した戦後民主主義を期待したが、宮川はそれを「国民大衆の生活において維持され脈打っているはず（—傍点筆者）」のものだと考えた。宮川は津田ほどには「生活」なる概念を自覚的に使っているようには見受けられない。しかし、宮川論と同じく「近代日本思想史における諸問題」所収の荒川幾男「近代日本思想史における思想と文学—とくに発想の問題」でも、西田哲学や自然主義文学について、やはり「西欧思想に由来する」概念（「純粋経験」「自然」）を用いつつも「当面する生活意識と発想との違和を回復すべく、自己の体験を付託して、自己の思想を秩序づけ」ようとする試みだったとの評価がなされている[25]。

戦中期をはさんで天皇制のイデオロギー暴露というパラダイムの変化はあった。しかし、「生活」なるものが期待された思想の内在的根源としての役割と、しかし「生活」それ自体に対する観念的な理解、かつ、その時代における自明性の高いイデオロギーへの逆説的な収斂、という議論のパターンには、さほど変化は無かったようである。

（二）民衆史研究における「生活」と秩序

「生活」を鍵概念とする思想史研究を方法論的に確立したのは民衆史研究だろう。一九六〇年代以降、色川大吉氏による一連の研究を嚆矢とする民衆史研究は、既存の歴史叙述の方法や所与の歴史観―講座派マルクス主義歴史学のような―を演繹することで「民衆」を論じるのではなく、「民衆」の世界観そのものを内在的に理解し、そこから新たな歴史叙述を切り拓こうとしたものだった[26]。

本書が具体的な検討対象とする与謝野、平塚といった人物、そして彼らが生きた時代を、その民衆史研究の主要なフィールドとしたのは鹿野政直氏である。鹿野氏の大著『資本主義形成期の秩序意識』（一九六九）では、やはり「生活」に着目する必要が論じられている。

思想史の認識対象を日常的な生活意識の次元にまで拡大するとき、われわれは必然的に行動を対象とせざるを得ない。……その行動とは、秩序へのはたらきかけにほかならないのだが、具体的には生活そのものであるといえよう。それでは生活とはなにか。……大別すれば、生活は労働面と消費面とになろう。今日まで生活の面から思想をときあかそうとする仕事はあったが、その場合、生活はおおむね享受する立場ではかられてきた。津田左右吉の国民思想の研究は、比類ない学問的達成ではあるが、そこでえがきだされている生活は主として享受するという面での生活である。……生活の核はいうまでもなく労働である。労働なくして人間の生活は一日たりとも維持できないし、人間は、労働をつうじて外部的自然にはたらきかけてこれを変化させるとともに、みずからをも変化させていく。この労働の過程でみられる成長、直面せざるをえない矛盾、それとのたたかい、そういうものが、あたらしい生きかたを追求する原動力となり、あたらしい秩序が夢想され期待され、やがて現実的な可能性をもって追求されてゆくこととなるのである。その点を視覚にすえて、思想史ははじめて民衆を主人公とすることができよう。[27]

鹿野論で重要であるのは、自明と思われる「生活」なるものを腑分けし、「労働」「消費」という二つの側面を区別して考えたことである。鹿野氏が「消費」と対置させた「労働」とは、「外部的自然にはたらきかけてこれを変化させるとともに、みずからをも変化させていく」という意味である。そして、「生活」が「労働」的である限りにおいて、その「生活」主体は「あたらしい秩序」を創出し得るのだと言う。鹿野氏が論じようとしたのは、単に「生活」を享受するのではなく、むしろ「外部的自然にはたらきかけてこれを変化させ」ようとする能動的な主体が、やがて大日本帝国とは異なる新たな秩序を創出していく、そうした日本近代史のオルタナティブな可能性である。

「生活」概念に対する期待は変わらなかったにせよ、高度経済成長と消費社会の到来は、「生活」がそれ自体において直ちに称揚されるべき価値を持つわけではないという発見をもたらした。むしろ、日々の暮らしに埋没し、与えられた幸福のみを享受するような非能動的な「生活」のあり方は、かえって既存の秩序に利するものともなろう[28]。この点で鹿野論は、先に示した都市大衆の「生活」思想が抱える問題を指摘しているのだとも言うことができる。

その鹿野論では近代日本の「反現世意識—個人至上主義—主情主義」(たとえば北村透谷のような)の思想について、次のような理解を示していた。

かれらの精神は、それをかたちづくっている諸特徴の名称からあきらかなように、およそ規範的なものとは対極に位置づけられるべきものであった。反現世意識は、規範＝秩序からの徹底的な離脱をもとめる精神であった。……主情主義は、そうした意識をうけて人間の感情を尊重し、そのうごくままを自然に噴出させようとする意識であった。その結果、なやむこと狂うことさえ、自然なものとして許容されて、主情主義は、社会の規範＝秩序からもっとも遠い人間をかたちづくっていった。[29]

鹿野氏によれば、こうした思想は、大日本帝国の「権力の構築しつつあった秩序とは別個の日本社会の構想が、国民のがわから提示されたことを意味している」[30]のだと言う。しかし、「機構を正面から問題としないかぎり、その未来像の構想は実現の手がかりをつかむことができない」[31]という問題を抱えていた。

むしろこうした秩序の構想のにない手たちは、機構＝外面よりは内面＝主体に執してゆこうとした。それにこだわってゆこうとした。そこでは機構よりも〝精神〟や〝人間〟が優先されようとした。そのことによって機構の倫理的な意味がするどく問われようともした。そのことは、権力の推進しつつある近代化の構想の虚偽意識を暴露するのに、きわめて有効であった。権力のまきちらす外面の近代化・物質面の近代化の幻想をするどくつくものであった。けれども彼らの秩序構想の説得性・実現の可能性は、その点で有効であったほどにはつよくなかったのである。内面に執するゆえの強さと弱さがそこにあった。[32]

鹿野氏が問題にしているのは、近代日本における個人の内向的性格についてである。「外」ではなく「内」に執する個人のあり方は、個人としての自律した「倫理」を育むという点で、所与の秩序に対する批判精神を生む。しかし一方で、「内」に執して「外」への働きかけを欠けば、具体的に「あたらしい秩序」を実現することはできないと言うのである。

三、私的な個人と公的な国家

「内面に執するゆえの強さと弱さ」と言うように、鹿野氏は「生活」する個人のありようを具体的に分析する必要を示した。鹿野氏は「生活」の思想を論じるうえで、「外部的自然にはたらきかけてこれを変化させるとともに、みずからをも変化させていく」―つまりは「内」に自律した倫理を持ちながら、「内」に閉じこもるのではなく積極的に「外」にはたらきかけをなし得る、オルタナティブな秩序の実現可能性を持つ個人のありようを問題にしたのである。

この「内／外」を「私／公」にスライドさせれば、指摘されているのは政治思想史研究と同じく、近代日本における「私化」した個人主義思想の問題である。たとえば丸山眞男は、一九四六（昭和二一）年の歴史学研究会における講演「明治国家の思想」で次のように述べている。

日清戦争後は、国民的自覚が高まった時代というふうに普通いわれておりますが、しかしその国民的自覚というものの内容が、むしろ感覚的な衝動の解放というような意味をおびていたのでありまして、同時にこの頃から、近代的な個人主義と異なった、非政治的な個人主義、政治的なものから逃避する、或は国家的なものから逃避する個人主義思潮が、つまり政治的な自由主義でなく、むしろ「頽廃」を内に蔵した様な個人主義が日清戦争以後急速に蔓延して来たということは、非常に興味深いのであります。

斯様に国民的自覚が高潮されて来たという時代に、同時にこういう全く非政治的な個人主義というものが現れて、青年の間に懐疑的傾向が蔓延し、美的享楽が追求される。例えば藤村操が「人生不可解」といって華厳滝に投身するのが〈明治〉三十六年、また文芸思潮の上でも与謝野晶子の『みだれ髪』が出たのが〈明治〉三十四年で、樗牛の『美的生活論』が出たのと同じであります。こういう考え方がずっと明治三十七年、ちょうど日露戦争以後における自然主義の思潮、田山花袋のいわゆる「露骨なる描写」という主張につらなって行くのであります。[34]

この議論は、「明治前半にみられた国権論と民権論との内面的な関連が、完全に分解した」[35]という明治期の「健全なナショナリズム」の後退過程の一断面として描かれたものである。政治や実社会から逃避する「頽廃」的な個人のありようは、日本における「健全なナショナリズム」の発達を阻碍したという話である。

さらに続けて、松本三之介氏の議論も参照しよう。松本氏は明治一〇年代の自由民権運動を背景とした政治意識の高揚について、次のような指摘をしている。

明治国家の草創期ともいうべきこの時期に、青年のみならず多くの人々が政治に関心を寄せ、さらに進んで政治運動に身を投ずるに至ったことは、思えばきわめて当然の現象でさえある。しかし一歩進んで、当時の政治的関心のあり方を考えるとき、そこに問題がないわけではない。それは、一言にしていえば、彼等の政治的関心が、はたしてどれだけ日常的な生活関心に根ざし、市民的利益と密着したものであったかどうか、ということである。なぜなら、政治権力の価値は、本来、市民社会の日常的利益をまもり、また増進するための手段価値たるところにある以上、権力を志向する政治的関心もまた、つねに私的な個人権や市民生活上の利害関心との、有機的連関を見失うことは許されないからである。逆説的にいうならば、公的な政治への関心が、私的な市民社会の利害関心によってうら打ちされ、そこからたえず新しい問題意識を供給されるとき、政治はもっと強じんなエネルギーをみずからの体内に蓄えることができるわけである。[36]

「公的な政治への関心が、私的な市民社会の利害関心によってうら打ちされ」る必要を、松本氏はこのように論じる。氏は近代日本における「政治的関心」がどれだけ「日常的な生活関心」に根差していたのかと問うのであるが、しかし結局、同著における日本近代思想史の見取り図も、「日清・日露の両戦争を経過することによって飛躍的な発展をとげた資本主義的社会構成そのものが、個人を現実生活に定着させ、個人を政治から疎外した」[37]というものだった。

もし近代日本における「私的な市民社会の利害関心」が「公的な政治」に対して「有機的連関」を持ったならば、大日本帝国にもまた別の歴史があったかもしれない―とは言っても、丸山が「頽廃」した個人に見出したのが「健全なナショナリズム」の喪失だったように、政治思想史研究と民衆史研究が期待した「生活」の意義は、具体的にはそれぞれ異なったものだろう。一方で、オルタナティブな思想的可能性の端緒として「生活」が期待された点は通じている。

さて、先の丸山の講演では、「頽廃」した個人の例として、高山樗牛や田山花袋らとともに、本書の主人公の一人である与謝野晶子が引き合いに出されていた。冒頭にあげた「個人析出のさまざまなパターン」が、「私化された個人」の例として自然主義文学をあげていたことからしても、いわゆる自然主義文学へとつながっていく「退廃」的な個人主義思想の一部として引かれていたと読むことができる。丸山の講演だけを見るならば、これはまさに引き合いに出されたと言うべきで、まだ若い時分に発表された与謝野の第一歌集に「健全なナショナリズム」の喪失を指摘するのは、本人からすれば思いもよらないことに違いない。しかし、明治三〇年代に女流歌人として一世を風靡した与謝野は、近代日本における「私」的な個人主義思想のメルクマールとして理解された。

たとえば松本三之介氏の理解でも、与謝野が日露戦争時に詠んだ詩「君死にたまふことなかれ」(一九〇四)は、やはり「私的な個」[38]の一例だった。松本氏によれば、「君死にたまふことなかれ」は「家族の私的なそして自然的な情愛にひたすら身を寄せることによって、国家の戦争行為の残酷さ非情さを強く詠いあげた」作品であり、それは「生活者の立場」による「私的な非政治的な(あるいは反政治的)な視点の自立化」を意味していた。「私」の「自立化」という点で、松本氏は「私」が「私」であること自体の価値を認めている。とはいえ、「公」へと転化していったとまでは論じていない[39]。

ここでもう一度、民衆史研究側、鹿野論に戻ろう。こうした問題を鹿野氏が論じる際、言及される人物に本書のもう一人の主人公・らいてうこと平塚明子がいる。鹿野氏が平塚に言及するのは、大日本帝国の支配原理としての「家」を問題にするときである。

『青鞜』誌上の作品の多くは、完成度の不足を否めないにせよ、みずからが置かれている状況にこだわりつつ、自己の生を俎上に載せるという発想をおおむね貫くことによって、期せずして新しいタイプの思想表現の途を拓いた。それは、国家を背景にした公事万能の風潮が瀰漫するなかで、押しこめられてきた私事の、公事への転化の契機をはらむ方向であった。……女性がみずからの生を生きようとして声をあげたとき、そこに浮上してきた論理は、たんに、男性の享受している権利への同等の参加を求めることに止まらず（それだけでも容易ならぬ仕事であったが）、それを突き抜けて共存の愛の世界の夢想に至るものであった。[40]

鹿野氏によれば、近代日本において「私的世界の原理」である「家」は、「天皇制の公的世界」に従属するものだった[41]。しかし、平塚率いる『青鞜』は徹底して「自己の生」を思想化することによって、「押しこめられてきた私事」の「公事への転化」をはかろうとした。それは、単に「天皇制の公的世界」を具現化した大日本帝国に参与することではなく、むしろ「それを突き抜け」ようとすらするものだった。

鹿野論は平塚の思想に、「生活」に依拠したオルタナティブな秩序創出の可能性を認めている。しかし、鹿野論の平塚への評価は、可能性は認めるという慎重なものだったと言えるだろう。鹿野論は、平塚の思想が「公事への転化の契機をはら」んでいると評価するものの、「公事への転化」が為されたとはしない。そして、後に平塚の思想の鍵概念となった「母性」に対し、鹿野氏はそれが「ファシズム体制下での、「家」の思想の軸」をなすイデオロギーともなったことを指摘するのである[42]。

このように、近代日本における「私」的個人の公共的可能性（もしくは不可能性）が論じられる際に、与謝野や平塚はしばしば言及の対象になった。それは、ときに引き合いに出されたという程度の場合もあったが、それでも二人の思想は、近代日本における「私」的個人を象徴するものだと理解された。そして、とどのつまり、二人の公共的可能性は一定の限界を持つものだと解釈された。また、その限界性は、公共への「有機的連関」の有無であったり、もしくは「天皇制の公的世界」を「つきぬける」ことができたかどうかといった、どこか抽象的な形で論じられたものだった。

四、「生活」主体の行方

以上の諸研究を辿ることによって、本書としての研究史整理はおおむね済んでいる。しかし、これらの諸研究は既に一定程度に過去のものである。課題の整理に入る前に、近年の研究についてもある程度言及しておく。

「生活」する個人の思想を内在的に解き明かし、その思想史的意義を論じようというのは、今日においてはいささかクラシックに過ぎる問題関心かもしれない。近年の社会文化史的アプローチによる歴史研究は、主体としての個人なるものの虚構性を明らかにした。個人とは、それぞれが主体的に思想を営んでいるかのように見えて、その実は所与の知的秩序においてのみ思考し、その思考は所与の知的秩序を再生産する――主体としての個人の虚構性が明らかにされた後、歴史叙述のメソッドとして定着したのは、そうした知的秩序を構造的に明らかにし、脱構築しようとする社会文化史的な研究である。

こうした歴史へのアプローチの方法は、一九九〇年前後から盛んになった国民国家論の影響もあり、人々の思考枠組みを決定する知的秩序は国民国家によって編成され、人々の思想的営為はかえって人々を国民化し、そのことで国民国家のイデオロギーはさらに強化されていく──そうした議論がよく行われるようになった。国民国家によるイデオロギー装置は、むしろ人々が日常を営む場においてこそ、しっかりと張り巡らされた。国民国家としての大日本帝国は、教育、福祉、衛生といった「生活」（──いかにも都市大衆的な）上の諸価値もそのイデオロギーのもとに編成し、人々はそれらを「国民」として享受するのである[43]。

こうした歴史叙述の作法において、主体的な個人による「生活」に依拠した思想的営為などは、ずいぶん古風な問題関心となってしまう。本書の主人公である与謝野・平塚に対しても、そうした議論がしばしば行われている。それは、民衆史研究の系譜に位置づけられる研究においても例外ではない[44]。与謝野も平塚も、昭和戦中期には戦時体制に迎合したかに見える言動をするなど、一貫して大日本帝国への明確な敵対者であったわけではないし、そのことが批判的に言及されることも今に始まったことではない。しかし近年では、それが国民国家のイデオロギーに結びつけて論じられる傾向が強い。

そうした議論として、たとえば牧原憲夫氏は、平塚が女性参政権の実現や優生思想を「国家の立場としても行うべき」だと主張したことについて、「差別・抑圧されている（と感じた）者が現状からの脱却を求めたとき、みずからを自発的に「国民」とみなすようにさせていく」現象を見出している[45]。ある人物の思想的営為を、イデオロギー装置としての「国民国家」に回収されていく物語へと図式化することは、一面においてはそれまで自明とされてきた「国家」や「国民」、あるいは「主体」といった近代的言説を相対化する意義を持つものではあっただろう。しかし同時に、「国民国家」という万能のロジックに、人々の思想的営為を溶解させてしまっている面も否定できない。

この点について、いかに「国民国家」というイデオロギー装置が強固なものであったとしても、その中では「「国民」のあり方を内省的に問い、更新を図ろうとする言説が展開」されていたと指摘[46]し、そうした思想家の一例として与謝野をあげる住友陽文氏の論は、本書も問題関心を近しくするものである。

住友氏は、与謝野が人類世界における普遍的価値を「教育勅語」に見出していたことを指摘し、それ故にこそ与謝野は「世界の普遍の原理（＝人類の理想／人道主義）を内面化させた個人が国家に主体的にコミットして国家を「調節」「改造」しようとする」主体性を獲得したと同時に、昭和戦中期には「「皇道」を世界に広めること（大日本帝国の精神文明をアジアに広めること）をむしろ積極的に支持」する結果にもなったと指摘する[47]。つまり氏は、与謝野が帝国主義国家としての日本に対する批判主体であったことと、「皇道」に拠って戦争を拡大した昭和戦中期の日本を肯定したこととは、同じ現象の表裏だったと言うのである。

与謝野の思想の特徴をその「私」性、あるいは「私欲」の肯定に認め、「自己愛」をそのまま国家や人類にまで拡張しようとした思想家だと捉える[48]氏の論に、本書も基本的に同意する。しかし本書では、後述するように、戦時中の言説についての評価はいったん脇に置き、与謝野にとっての「私」とは何かという問題に、もう少し足を止めて考えてみたい。そのことは、「国民」のあり方を内省的に問い、更新を図ろうと」した与謝野の思想的可能性を、より豊かに描出することにもつながると考える。こうした関心から、本書はいささかクラシックな感も否めないが、基本的には思惟する主体としての与謝野・平塚に、まずは期待したい[49]。

それでは、諸研究の議論も踏まえたところで、本書の課題となるところを整理したい。諸先達の議論において、まず総じて指摘できるのは、何をもって「生活」とみなすのかについて、そもそも抽象性が高かったことである。「生活」はその自明性の高さゆえに、それ自体の意味内容は問題とされなかった。そのためにかえって「国民」の思想であったり、またあるときには階級意識の端緒であったりすることが、ほとんど無条件に期待された。また、高度経済成長期には、「労働／消費」という問題関心が重ねあわされることもあった[48]。

また、それらの議論に通底するのは、近代日本における個人主義思想の脆弱さという問題だった。「生活」の思想が評価されるのは、その「私」性が「公」へと展開された場合だった。「私」が「私」たることの価値が必ずしも認められなかったわけではないが、「公」へと開かれない「私」は、総じて実社会や政治から逃避する思想だとみなされた。では何をもって「公」へと開かれたと認定するのかと言えば、それもまた抽象的なものだった。「健全なナショナリズム」の保持者になればよいのか、「公」に対して「有機的連関」を持てばよいのか、あるいは「天皇制の公的世界」を「つきぬけ」ればよいのか―これらは結局のところ、それぞれの論者の問題関心や、あるいはその時代におけるパラダイムによって決定されるところが多かった。しかし同時に、論者ごとに「公」へと開かれたとする認定基準が異なるとはいえ、昭和戦中に暴走した大日本帝国に対しての建設的なアンチテーゼであることは共通して要求された。

結果として、そうした議論から導き出されるのは、個々の思想家の可能性というよりも限界性だった。戦後の論者にとって、大日本帝国が迎えた結末は、すでに動かしがたい事実である。しかし、そこから遡及する形で、為政者でもなく、官学アカデミズムに属するわけでもなく、頂点思想家というほどでもない明治・大正期の人々の思想を論じるのは、いささか性急な議論ではなかろうか。

「生活」の思想をめぐるこうした性急さは、国民国家を自明の枠組みとする今日の社会文化史的な研究においては、なお顕著だと言うことができよう。かつて民衆史研究が、杓子定規な歴史理解をもたらすマルクス主義歴史学などに異議申し立てをしようとしたように、思想史叙述における「生活」概念とは、自明のものとされた思考様式や従来の社会秩序を乗り越え、より高次の可能性を開いていこうとするものだった。運命決定論的な歴史叙述ではない「生活」主体の思想史を再描することの意義も、ここにあるものと考える。

五、方法論的考察

先に整理した諸先行論の課題を、いまいちど以下のように確認する。

一、何をもって「生活」とみなすのかが、論者個別の問題関心や、その論者が前提としている価値観によって異なっていて、かつ抽象的に過ぎるきらいがあったこと。

二、「生活」の思想への評価方法が、その「私」性が「公」へと開かれたか否かの一点に限られていたこと、また「公」へと開かれたと認定する基準も、一、と同様に各論者によって異なり、かつ抽象的であったこと。

三、昭和戦中に暴走した大日本帝国に対しての建設的なアンチテーゼであったか否かが、戦後の立場から遡及的に問題とされたこと。

一つ目と二つ目の問題については、端的に言えば、本書の検討対象となる与謝野・平塚のテキストに則した形で、あらためて「生活」の思想の内実を問うことになる。民衆史研究的な表現を用いるならば、それは「生活」主体としての与謝野・平塚の思想を内在的に理解するということである。とはいえ、あらゆる言説は価値中立の下に立つことが不可能であるとすれば、右に挙げたような批判は、本書もその例外ではないということになる。そのため、本書が与謝野・平塚の思想をどのように内在的に読解しようとするかについては、もう少し立ち入った考察が必要だろう。

現代政治思想における公共性をめぐる議論は、「公／私」(public／private)の概念が固定的なものではないことを明らかにしている。そもそも何が「公」であるかは、「私」にあたるものを定義したうえで、「私」ではないものとして反照的に定義されるものだった[49]。「私」としての「家庭」の成立が近代国民国家の成立と軌を一にするものであったように、何が「公」であり、何が「私」であるかは、時代によって変化するのである。そして、既存の「公」への懐疑や、新たな「公」の模索とは、従来「私」だとみなされてきた事柄を「公」の中で意味づけることによってなされてきた。戦後のフェミニズム運動が「個人的なことは政治的なことである」というテーゼで示したように、ナンシー・フレイザーの言葉を借りれば、現状における「私」は、それ自体において「下位の対抗的な公共性」たり得るのである[50]。

本書の主人公である与謝野と平塚は、その青年期の思想形成過程において、確かに「私」的としか見なし得ないような意味において、個人としての思想を形成した。本人たちも、ときにそれを「私」的だと考えていた。そして、それを表す言葉は「生活」だった。しかし、その「私」的に見える思想故にこそ、二人はその後、さまざまな言論活動や社会運動に取り組んでいったのである。ときにそれは、既存の「公」に対する対抗であり、また改善策の提示でもあった。本書は、与謝野や平塚が考えていた「公／私」、また国家と個人といった一般的な通念として示される「公／私」は括弧に入れた上で、二人が「生活」の中で個人として培った思想と、それが見出した公的秩序―括弧に入れた「公」と区別し、かつ本書が最も習うべき鹿野氏の議論に引きつける意味で、さしあたりそのように表現する―について考察する。

三つ目の問題については、結論を急がずに議論をするとしか、ここでは言いようがない。詳しくは本論に譲るが、二人の思想が批判的に論じられる場合、問題となったのは現実性の乏しさや、実際的な社会運動への転化が可能であるか否か―たとえば母性保護論争における与謝野の議論の観念性、また新婦人協会における平塚の自己中心的な言動―といった事柄だった。しかし、「私」的な「生活」に生きる個人として与謝野・平塚の思想を論じようとする本書においては、現実性・実際性という問題についての評価には慎重であらねばならない。本論で述べることになるが、直ちに政治的な問題へのコミットを持つには、二人の思想はどこか不器用だったし、またそれ以上に、そのための資源や環境を容易には持てないでいた。そこで本書では、いかにも政治的な問題に関する議論は後回しにして、与謝野・平塚各篇の前半では、まず二人の個人としての思想形成に着目する[51]。

以上までに、本書の問題関心と、方法論的な見通しを述べた。本書が与謝野と平塚の比較を通して考えるのは、近代日本において「私」的だと周囲から目され、また「私」的だと自己評価すらされていた思想―「生活」者としての個人のあり方を端緒にしている―が、それ自体において新たな公的秩序を見出していく、その過程と結果の多様性である。それでは、前篇与謝野晶子篇から本論を始めることとしたい。

註

1 福澤諭吉『学問のすゝめ』初編、一八七一年、『福澤諭吉著作集』第三巻、慶應義塾大学出版会、二〇〇二年、六頁。

2 福澤諭吉『文明論之概略』一八七五年、前掲『福澤諭吉著作集』第四巻、二九八頁。

3 徳富猪一郎『大正の青年と帝国の前途』民友社、一九一六年、二九頁。

4 石川啄木「時代閉塞の現状（強権、純粋自然主義の最後及び明日の考察）」、一九一〇年八月稿、『石川啄木全集』第四巻、筑摩書房、一九八〇年、二六四頁。

5 同右。

6 アレクシス・ド・トクヴィル『アメリカのデモクラシー』一八三五〜一八四〇年、松本礼二訳、岩波書店、二〇〇五〜二〇〇八年。

7 ハンナ・アーレント『人間の条件』一九五八年、志水速雄訳、中央公論社、一九七三年。

8 たとえば、藤原保信「公共性の再構築に向けて―思想史の視座から」（『岩波講座　社会科学の方法II　20世紀社会科学のパラダイム』岩波書店、一九九三年）など。

9 渡辺浩「「おおやけ」「わたくし」の語義―「公」「私」“Public” “Private” との比較において」、佐々木毅・金泰昌編『公と私の思想史』東京大学出版会、二〇〇一年。

10 上野千鶴子「解説（三）」（『日本近代思想大系23　風俗・性』岩波書店、一九九〇年）、また小山静子『家庭の生成と女性の国民化』（勁草書房、一九九九年）など。

11 田原嗣郎「日本の「公・私」（上・下）」（『文学』五六・九・一〇、一九八八年）など。

12 福澤諭吉「瘠我慢の説」一八九一年、『時事新報』（一九〇一年一月一〜三日）に連載、一九〇一（明治三四）年に『明治十年丁丑公論』と併せて刊行、前掲『福澤諭吉著作集』第九巻、一一〇頁。

13 丸山眞男「個人析出のさまざまなパターン」、M・B・ジャンセン編、細谷千博編訳『日本における近代化の問題』岩波書店、一九六八年、『丸山眞男集』第九巻、岩波書店、一九九六年、三九五〜三九六頁。

14 小路田泰直氏によれば、貧困や「ひとの性」が政治的「作為」の対象となり始めたのは近世以降、特に松平定信の治世の頃からであるが、相対的貧困（絶対的貧困ではなく）やナショナル・ミニマムの問題が政治を支配し始めたのは、近代資本主義の発展と都市化の過程においてである（『日本近代都市史研究序説』柏書房、一九九一年）。

15 たとえば大正デモクラットを代表する吉野作造は、普通選挙制へとつながる政治参加の拡大や社会福祉政策の必要を主張する一方で、感情的に煽動されやすい民衆の政治運動については「仏蘭西革命当時のモツブと違はない」恐れがあるとして、民衆の政治的資質に対してはさほど高い評価を与えなかった（「民衆的示威運動を論ず」『中央公論』一九一四年四月）。
16 斎藤純一「現代日本における公共性の言説をめぐって」『公共哲学3　日本における公と私』東京大学出版会、二〇〇二年。
17 たとえば小路田泰直「日本的公私観念と近代化」（『公共哲学3　日本における公と私』東京大学出版会、二〇〇二年）など。
18 「私」自体の公的可能性を示唆する議論としては、山脇直司『公共哲学とは何か』（筑摩書房、二〇〇四年）、宇野重規『〈私〉時代のデモクラシー』（岩波書店、二〇一〇年）などを参照した。
19 本論で扱う時期の冒頭において、与謝野は旧姓「鳳」を名乗っていたが、煩雑さを避けるため本書では一貫して「与謝野」と表記する。また、平塚は「らいてう」という呼称が一般的であるが、表記方法を揃える意味で、本文中では「平塚」、あるいは本名の「平塚明子」といった表記を適宜用いる。
20 津田左右吉『文学に現はれたる我が国民思想の研究』洛陽堂、一九一八～一九一九年、岩波文庫版、一九七七年、第一巻、一二～一三頁。
21 丸山眞男「近代日本における思想史的方法の形成」（『政治思想における西欧と日本』東京大学出版会、一九六一年）では、日本思想史学研究の「ディシプリン」として村岡典嗣・和辻哲郎らの「文化史的思想史」と津田左右吉らの「生活史的思想史」の二つをあげている。
22 宮川透「近代日本思想史における伝統思想と外来思想」、遠山茂樹・山崎正一・大井正編『近代日本思想史』第三巻、青木書店、一九五六年、七四二～七四五頁。
23 同右、七四六～七四七頁。
24 同右、七四七頁。
25 荒川幾男「近代日本思想史における思想と文学―とくに発想の問題」、前掲『近代日本思想史』第三巻、七六七～七六八頁。
26 安丸良夫「色川大吉と戦後歴史学」（安丸良夫・喜安朗編『戦後知の可能性―歴史・宗教・民衆』山川出版社、二〇一〇年）など。
27 鹿野政直『資本主義形成期の秩序意識』筑摩書房、一九六九年、一三～一四頁。
28 たとえば田中義久『私生活主義批判―人間的自然の復権を求めて』（筑摩書房、一九七四年）は、当該期の高度経済成長・大衆消費社会にあって、何らかの政治的不満や不安は抱きつつもそれを対外的に表現できずに「私生活」に埋没する「私民」のあり方を批判する議論を行っている。

29 前掲鹿野『資本主義形成期の秩序意識』、四一四頁。

30 同右。

31 同右。

32 同右。

33 後に歴史学研究会編『日本社会の史的究明』(岩波書店、一九四九年)で活字化、その後は『戦中と戦後の間』(みすず書房、一九七六年)に収録。

34 丸山眞男「明治国家の思想」、前掲『丸山眞男集』第四巻、七九頁。

35 植手通有「解題」、同右、三七三頁。

36 松本三之介『近代日本の政治と人間』創文社、一九六六年、一〇頁。

37 同右、三四頁。

38 松本三之介『明治思想史―近代国家の創設から個の覚醒まで』新曜社、一九九六年、二二五頁。

39 同右、二二二～二二三頁。

40 鹿野政直『戦前・「家」の思想』創文社、一九八三年、同右、八五～九〇頁。

41 同右、四三～四四頁。

42 同右、一六四～一七一頁。

43 西川長夫『国民国家論の射程―あるいは〈国民〉という怪物について』(柏書房、一九九八年)など。

44 民衆史研究は、その周縁化された歴史的事象を発掘、再評価する方法論ゆえに、後のカルチュラル・スタディーズなどの研究動向を、ある意味では準備することになった(ひろたまさき『日本帝国と民衆意識』有志舎、二〇一二年)。

45 牧原憲夫『客分と国民のあいだ―近代民衆の政治意識』吉川弘文館、一九九八年、二〇一～二〇五頁。

46 住友陽文『皇国日本のデモクラシー―個人創造の思想史』有志舎、二〇一一年、一三頁。

47 同右、第七章「個人主義としての愛国心―与謝野晶子の自我論が包摂する世界市民主義と愛国心」、二一三～二二一頁。

48 同右、二〇七〜二一〇頁。

49 この点で、戦後の文芸批評家である小田切秀雄の与謝野評価は興味深い。小田切によれば、与謝野が「政治的、社会的な問題はいっさい黙殺してひたすら恋愛と恋愛にからまる情趣、気分、風物の表現、また官能と愛欲の誇示、陶酔の表現」に取り組んだのは、「天皇制秩序の細胞的基礎としての家父長制的家族制度の〝淳風美俗〟の強制にたいする公然たる嘲笑」であり、「非政治的、非社会的な晶子は、このようにして実は政治的、社会的な役割をはたした」のだと言う（『日本現代史大系　文学史』東洋経済新報社、一九六一年、二四一〜二四二頁）。小田切は、この序論で引用した与謝野の個人主義思想に「私」的狭隘さを見出す議論と同じ素材を用い、同じ分析をした上で、評価だけを反転させているのである。この理解は「天皇制絶対主義」及びその基となる「家父長制的家族制度」を前提としたものであって、分析の妥当性という意味では今日において肯ずるべきものではない。しかし、今日の研究状況の閉塞感を考えるとき、個人なるものへの期待という評価姿勢については、小田切の与謝野論はなお見るべきものがあるように感じられる。

50 ナンシー・フレイザー「公共圏の再考―既存の民主主義の批判のために」、クレイグ・キャルホーン編、山本啓・新田滋訳『ハーバマスと公共圏』未来社、一九九九年、一三八頁。

51 さも公共哲学について議論するかのように序論をまとめながら、与謝野・平塚の個人的な思想展開にもっぱら紙幅を割く本書の方法をいささかでも励ましてくれるのは、チャールズ・テイラー『〈ほんもの〉という倫理―近代とその不安』（田中智彦訳、産業図書株式会社、二〇〇四年）である。テイラーは、「私」に埋没するかに見える近代個人主義思想とは、その実はそれ自体において他者との共生・対話性を内在し、それ故に「〈ほんもの〉」という地平において存在するものであるとして、トクヴィルが危惧を示した近代民主制の隘路を切り開く可能性をあえて近代個人主義に見出そうとする。本論でその形成過程をたどっていく与謝野・平塚の個人としての思想も、彼らが自己内他者や実在の他者との対話を経ることによって獲得された、あるべき自己探究の所産だった。

前篇　与謝野晶子篇

第一章　自己の選択

与謝野晶子は一八七八（明治一一）年、大阪堺の菓子商の三女としてこの世に生を享けた。旧姓は鳳。同年の生まれには有島武郎、佐々木惣一、野間清治、吉野作造など。幼少期にはまだ漢学塾に通っていた世代である。

子供の頃から「源氏物語」などの古典文学に親しみ、近代文学としては尾崎紅葉、幸田露伴、樋口一葉、雑誌では『文学界』などを好んでいた。やがて和歌に目覚め、一九〇一（明治三四）年に堺の生家を出奔同然に飛び出し、恋仲になっていた与謝野寛（鉄幹）のいる東京へ走る。同年刊行の第一歌集『みだれ髪』は大ヒットし、明治浪漫主義歌壇を牽引した雑誌『明星』のヒロインの地位を不動のものとした。その他、日露戦争に出征した弟を案じた「君死にたまふことなかれ」（一九〇四）や『新訳源氏物語』（一九三八～一九三九）など、その文学的業績は他の追随を許さない。生涯に詠んだ歌は一〇万首とも言われ、現在でも依然として発掘の対象である。明治末年頃からは社会評論にも取り組み、婦人問題、教育問題、文明論等、論及の対象は多岐に亙った。後半生は文化学院の創立に関わり、自身も教壇に立って自由主義の精神に基づいた女子教育の普及に力を注いでいる。

一般に与謝野は「浪漫主義」の歌人であるとされる。特に自身の身体的な美に対するナルシシズム、直接的な表現による恋愛謳歌などは、当時の社会風潮においては「既成道徳への挑戦」[1]とも言うべきものだった。歌人与謝野のこうした性格は、既成の「封建的」道徳に怯まない自由な表現主体であるという点で、「近代的自我」の所産であると賞揚されることもしばしばだった。

この第一章が対象とする時期は、歌人として鮮烈なデビューを飾る前後から、女性知識人として様々な言論活動を開始するようになる明治末年までである。本書の問題関心からして、この期間において注目すべきは日露戦争に際して詠んだ「君死にたまふことなかれ」となろう。たとえば序論でも示したように、松本三之介氏はこの詩を「家族の私的なそして自然的な情愛にひたすら身を寄せることによって、国家の戦争行為の残酷さ非情さを強く詠いあげた」ものだとして、「私的な非政治的（あるいは反政治的）な視点の自立化」を認めた[2]。こうした「私」性への評価をどのように考えるかは、本書にとって重要な課題である。しかし、序論でも述べたように、本書は所与の「公」を前提とした思想評価を行うことはしない。与謝野が必要とし、模索した公的秩序を問う上でも、まずは与謝野の「私」的（と見なされた）な思想形成の過程を段階的に辿っていくことにしたい。「君死にたまふことなかれ」の問題は、第二章で詳述することにする。

なお、この第一章の検討対象となる時期の一部では、与謝野はまだ旧姓鳳を名乗っていた。しかし、煩雑さを避けるため、一貫して「与謝野」と呼ぶこととする。

一、選択された自己、捨象された自己──雑誌『明星』における個人

（一）形而下における彼岸への渡河

「近代的自我」を称揚するような議論に棹さすわけではないが、与謝野が自己形成を遂げた幼少期の文学環境は、別の意味において確かに近代的なものだった。幼少時から「源氏物語」などの古典に親しみ、十代

になると『めざまし草』や『文学界』などの文芸雑誌にも手を伸ばしていたが、その読書風景は「夜なかの十二時に消える電灯の下で両親に隠れながら纔かに一時間か三十分の明りを頼りに清少納言や紫式部の筆の跡を偸み読み」[3]するというものだった。与謝野の生家が、娘の文学趣味に理解を示さなかったためである。前田愛の議論を借りるなら、それは「日本の「家」の生活様式」に基づく「共同的な読書形式」[4]から逸脱し、「他人を交えることなく孤独で作者と向い合」[5]うという意味での「近代読者」である。こうした読書経験は、与謝野をして孤独な内省を深めさせつつ、やがて与謝野自身の思考様式を形作っていっただろう[6]。かかる意味において、与謝野は確かに個人だった。

与謝野の詩歌が初めて世に出たのは一八九五（明治二八）年、一七歳の時のことである。やがて一八九八（明治三一）年に、関西地方の文学青年らによる結社・浪華青年文学会の支社が堺に作られると、その機関誌『よしあし草』に作品を発表するようになった。堺支社の発起人となったのは、河井酔茗、河野鉄南らである。彼らはこの頃、与謝野寛（鉄幹）が取り組んでいた和歌革新運動に呼応し、頻繁に書簡のやりとりをしていた[7]。そのため、一九〇〇（明治三三）年に寛率いる文学結社・新詩社が『明星』の刊行を開始すると、狭い関西の歌壇では飽きたらない『よしあし草』同人の多くは上京していった[8]。

この頃の与謝野は、河井酔茗や河野鉄南から歌の指導を受けていた。しかし、先輩同人の多くが上京する道を選ぶ中、与謝野は一九〇〇年二月の河野に宛てた書簡で、「あなた様近々東の方へ入らせらるゝとは誠ニや　いたるところに青山ありの御男子さま扨も〳〵御うらやましき」[9]と記している。同人たちの上京を「うらやましき」と感じたのは、女性が積極的に外に出て文学活動をすることに理解を示さない家庭環境のためである。その家族に対する不満の聞き役になっていたのが河野だった。与謝野は河野に宛てて「ホームの波風をもらせきいてやらむの御ことのはうれしくぞんじ参候　かゝばひとひろ二ひろにて事つく得べくもあらず　語らばとてひと日二日に申つくすべくもなく候」[10]と記し、実際、この頃の与謝野は月に幾度も河野に手紙を書いている。

　与謝野の文学に対する志を育てたのは、「源氏物語」などの古典文学もさることながら、一三、四歳から読んでいたという『文学界』などの文芸雑誌だった[11]。その頃の『文学界』で浪漫主義のイデオローグとなっていたのは北村透谷である。しかし、与謝野は河野に「エセルソンの楽天論をよミてもこをやくせし桃谷《ママ》の身のはてを思へば何をよめばとてきけばとて人各々天の定めし運命にははむこふべくもあらずといよ〳〵この世うとましくぞんじ候」[12]と書き送っている。「エセルソンの楽天論」とは、一八九四（明治二七）年に民友社から刊行された北村透谷の『エマルソン』を指す。そして、与謝野が「楽天論」を採ることを妨げる「天の定めし運命」とは、つまり「ホームの波風」である。「わがホームの波風はあわのなるとも波風はなしとばかりのに《ママ》候まゝ私にらく天などゝとても思ひも及ばぬ事に候」[13]と与謝野は河野に訴えている。「私にらく天などゝとても思ひも及ばぬ事」だと記した与謝野は、『文学界』で表現されたような浪漫主義の精神をどのように理解したのだろうか。

　北村透谷の著作『エマルソン』は、一九世紀アメリカの哲学者ラルフ・ヴォルドー・エマソンを紹介したものである。透谷によれば、エマソンの思想で重要であるのは「自然と人間の調和」である。

　　自然と人間との調和、是れ「自然」より受くる悦楽の本源なり。人は自然に背いて栄ふること能はず。自然の中には大なる理法の存するあり。その理法は、「自然」の上にも、人間の上にも同じく臨めり。

「自然」の悦楽を得んとせば、先づ能く「自然」を知らざるべからず、且つ又た自然を支配せる同じ理法の下に順隷せざるべからず、斯くの如くして而して後、人は自然の友たり、自然との調和者たり。[14]

「自然との調和」を果たすためには、「自然を支配せる同じ理法」を理解し、これに「順隷」しなければならない。では、その「理法」とはどこにあるのか。

彼（―エマソン）の尤も重んずるところは心霊なり、彼は全宇宙を分ちて自然と心霊との二とせり、而して自然は終に心霊の為めに成立てるものなるを説かずんば止まざるなり、宇宙は心霊の前に透明無色なるものにして、爰に心霊あり、爰に純理あり、此の心霊は唯一の存在者にして、此の純理は唯一の支配者なるを説かずんば止まざるなり。我の裡に我あり、我の外にも我あり、而して凡ての者は我の裡なる我の為に存し、之を除きては一も成全をなせるものあるなし。輪転無常は争ふ可からざる宇宙の定法なり、然れども其の中にありて、必らず毀はれざる、必らず滅せざるものあることを彼は信ぜり。[15]

「唯一の支配者」たる「理法」は、「「自然」の上にも、人間の上にも同じく臨」む普遍的存在である。したがって、自我の奥深くまで沈潜し「我の裡なる我」に到達することによって、かえって個人の狭い自我は克服され、「宇宙の」普遍性へと解放された人間は「自然との調和者」となることができる。かかる「我の裡」の奥深くに存在し、個人を超えて「自然」と連続する普遍的実在を、透谷は「内部の生命」とも呼んだ[16]。

この『エマルソン』の記述からは、透谷「内部生命論」（一八九三）や「人生に相渉るとは何の謂ぞ」（同）

の議論が想起されるだろう。透谷にとって「純文学」[17]とは、表層的な意味での自己を表現するものではなく、自己の内奥まで深く沈潜し、自他の境界を解消する「宇宙の精神即ち神」（「内部の生命」）を「インスピレーション」[18]するものなのである。

　北村透谷はかかる自分の思想をエマソンに仮託して語り、これを「楽天主義」と評した。しかし与謝野は、この「楽天主義」を自分には「思ひも及ばぬ事」だと言う。「ホームの波風」という「運命」のために、透谷が「インスピレーション」するような自他融合の境地など望むべくもなく、この現実世界は「うとまし」く忌避するものでしかない。結局は自死を選んだ「桃谷《ママ》の身のはてを思へば」、それはなおさらのことだった。結果として与謝野においては、透谷のような「内部の生命」による自己超越への志向は獲得されなかったのである。そうであるならば、与謝野の文学世界はどのような構造を持つのだろうか。

　晩年の与謝野は、若年期の自分を回顧して「〔島崎〕藤村氏の模倣に過ぎなかった」[19]と語っている。島崎藤村は『文学界』で透谷とともに活躍し、特にその第一詩集『若菜集』（一八九七）は明治浪漫主義を代表する作品とされる。

　ともに『文学界』で活躍した北村透谷と島崎藤村であるが、両者の浪漫主義世界観が構造的に大きく異なることについては、既に多くの指摘がある。たとえば佐藤伸宏氏は、透谷が「「想世界」と「実世界」の対立、葛藤の狭間にあって、その「争闘」の裡に身を置くことを詩人としての自己に課し」ていたのに対し、「藤村はその一切を捨象」して「今日こゝ」を歌った詩人であったとして、「藤村には形而上学がない」という蒲原有明の藤村評を「本質を確実に射抜い」ていると指摘している[20]。藤村が表現する「今日こゝ」の自己とは、透谷のような「実世界」と「想世界」[21]との狭間で両者の対立を解消し、かつ止揚するような「我の裡なる我」という形而上的探求ではなく、形而下において現実として存在する「我」である。

したがって、島崎藤村の作品世界においては、北村透谷的な自他融合の志向は断念され、「想世界」が「今日こゝ」の自分が存在する「実世界」からは手の届かない彼岸として対置される。次の詩は『若菜集』に収められた「おくめ」という作品である。

　こひしきまゝに家を出で／こゝの岸よりかの岸へ／越えましものと来て見れば／千鳥鳴くなり夕まぐれ
　こひには親も捨てはてゝ／やむよしもなき胸の火や／鬢の毛を吹く河風よ／せめてあはれと思へかし
　……[22]

北村透谷は「恋愛」を「想世界と実世界との争戦より想世界の敗将をして立籠らしむる牙城」[23]であるとしたが、それはあくまで「牙城」なのであって、そこには「想世界と実世界との争戦」を続けようとする意志が存在する。しかし、藤村が描く「恋愛」は、「ここの岸よりかの岸へ」というように、「家」「親」という此岸に対置された手の届かない彼岸に想定されるものだった。

そして、このような現実と理想が此岸と彼岸として対置される構図は、まさに与謝野が置かれていた境遇に重なるものだった。与謝野は河野鉄南に宛てた書翰の中で「わが身はけふわかな集のおきくにわらはるゝのに候べし」[24]と記している。「おきく」とは『若菜集』に収められた詩の一つで、同名の女性が「をとこのかたる／ことのはを／まことゝおもふ／ことなかれ」[25]と詠む作品である。この頃の与謝野は、自分の感情を島崎藤村の詩の言葉を用いて語っていた。

そして一九〇〇年八月、与謝野は来阪した与謝野寛と運命的な出会いを果たす。寛と恋愛関係に至った与謝野は、翌一九〇一年六月、実家を出奔同然に飛び出し、寛のいる東京へと向かった。後の一九〇七（明治四〇）年に、与謝野が出奔前夜を振り返って詠んだ詩「親の家」には、次のような一節がある。

……ふた親いますわが家を／捨てむとすなる前の宵／しづかに更くる刻刻の／時計の音ぞ凍りたる。一番頭と父母と／茶ばなしするを安しと見、／こなたの隅にわが影は、／親を捨つると恋すると／繋き思《おもひ》をする我を／あはれと歎き涙しぬ。[26]

「親を捨つると恋すると」という葛藤は、「おくめ」のそれと重なり合うものである。与謝野は島崎藤村的な此岸と彼岸の構図のもとに自身の上京を認識していたのである。そして、ここで重要であるのは、藤村が彼岸とした世界に与謝野が実際に渡ってしまったという事実である。生家のある堺を離れ、寛のいる東京へ向かうという物理的移動は、浪漫主義的世界観において此岸から彼岸へと渡る行為のアナロジーとして認識し得るだろう。

北村透谷の文学が、「我の裡なる我」に存在して全宇宙に通底する普遍性を志向するものであったのに対し、与謝野のそれは現実と理想との止揚不能な絶対的乖離を前提にしていた。この浪漫主義的な世界構造のイメージは、与謝野がおかれていた境遇そのものであるとともに、形而下において「今日こゝ」の自己を表現する島崎藤村から継承したものでもあった。そして逆に、与謝野が藤村と異なるのは、現実世界に生きていながら彼岸世界へと渡ってしまったことである。上京後の与謝野にとって、「今日こゝ」に存在する自己は、同時に彼岸の理想的存在となる。与謝野の上京は、形而下において「今日こゝ」に存在する自己をそのまま理想と化してしまうという力強い思想的営為であり、与謝野にとって文学とは、かかる現実にして理想である自己をそのままに表現すれば事足りるものとなった。上京後に刊行された第一歌集『みだれ髪』に強烈なナルシシズムが認められるのも、それ故のことだろう。

（二）此岸の自己と彼岸の自己

与謝野が自身の浪漫主義的世界観の中で表現した自己とは、形而下において「今日こゝ」に存在しながら同時に浪漫主義的な理想を体現するという、極めて強靱な思想的営為の所産である。しかし、ここではもう少し足を止めて考えたい。「らく天などゝとても思ひも及ばぬ事」という泣き言を漏らしていた与謝野は、一体どこへ行ったのだろうか。与謝野の強靱な思想的営為を、単に自己実現の希望や恋愛のなせる業とは考えずに、『明星』というメディアにおける与謝野自身の自己に対する人物造型という視点から考えてみたい。時間を今一度、上京以前に戻してみよう。

晩年の与謝野は、自身の創作活動の契機は与謝野寛の歌を見たことだったと語っているが、その歌は一八九八（明治三一）年四月の『読売新聞』に掲載された

春浅き道灌山の一つ茶屋に餅食ふ書生袴着けたり

というものだった。与謝野は「此様に形式の修飾を構はないで無造作に素直に詠んでよいのなら私にも歌が

詠め相だ」[27]と考えた。そして、実際に詠んでみると「修辞などに顧慮しないで感じた儘を端から歌に詠むのですから、兎に角私の感想が見る見る三十一音になつて姿を現すのが子供らしい心に嬉しく思はれ」[28]たのだと言う。

前述したように、その年の一二月、郷里・堺に浪華青年文学会なる歌会の支社が作られ、与謝野もこれに参加する。寛によってもたらされた作歌への興味は、ここに発表する場を得たわけである。とはいえ、浪華青年文学会同人たちは、与謝野寛の和歌革新運動に呼応し、関西にいながら日本の歌壇全体を視野に収める野心を持っていた。それに対し与謝野は、家族からの理解が無かったために、より広い世界へ開かれる可能性を持ち得なかった。

翌一九〇〇（明治三三）年四月、寛率いる東京新詩社が『明星』を創刊する。『明星』創刊にあたり、寛は次のようにその目的を宣言した。

『明星』は東京新詩社の機関にして、先輩名家の芸術に関する、評釈、論説、講話、創作、（和歌、新体詩、美文、小説、俳句、絵画等）批評、随筆等を掲げ、傍ら社友の作物と、文壇（特に和歌壇新体詩壇に重きを置く）の報道とを載す。[29]

「先輩名家」のもの以外で『明星』に掲載されるのは、「社友の作物」と現代の「文壇」に対する評論との大きく二つであるが、後者には特に次のような目的があった。

現代の歌人新体詩人に惜む所は、特に修養の欠乏にあり。『明星』は之が欠乏を補はんがために、文壇第一流の名家に執筆を請ひて、和歌、端唄、英詩、独詩、漢詩、俳句等の評釈を掲ぐ。[30]

こうした具体的な目的意識の下に編集される『明星』だったが、「修養の欠乏」を補うという目的は、あくまで創刊段階での暫定的な目的だった。寛は同年六月の『明星』三号において、「古今東西に渉つて、どのやうなる思潮をも芸術をも研究して、能ふ丈け多方面の趣味を修養する」必要を改めて指摘しつつ、「何の芸術でも修養の間は模倣が必要で、先進者の手本を習ふのであるから至極結構な心掛である。去り乍ら模倣が最終の目的では無い、一芸の妙諦を会得して渾然たる「自我」の玉を探り得る迄の粉段に過ぎない」[31]と『明星』同人たちに対し注意を促している。「模倣」を最終的に否定するという主張からすれば、ここで寛が言う「自我」が発揚された作品とは、その人間にしか作ることができないものという意味になろう。そして、この課題をクリアするためには、同人たちは自身の「自我」の内実を追究しなければならない。『明星』は同人たちに、自己をどのように認識するかという課題を与えたのである。

与謝野が『明星』に最初の投稿をしたのは一九〇〇年五月の第二号で、「花がたみ」という題の下に六首の歌を発表した。同号中では、寛が「河井酔茗氏が牛耳を執」る団体に「妙齢の閨秀で晶子と云ふ人」がいると紹介し、その作品を評価している[32]。寛が評価したのは、同年三月の『よしあし草』に掲載された作品ではあるが、しかし、寛は単に「社友の作物」を掲載するだけではなく、同人たちの近況や熟達度について雑誌上でリアルタイムな情報交換を行い、そのことで彼等の切磋琢磨を促していた。

家族からの理解を得られないことに悩みながらも、与謝野は『明星』に参加し続けた。特に重要な契機となったのは、河野鉄南に「ホームの波風」を訴えた一か月後、すなわち一九〇〇年八月に、寛との初対面を果たしたことである。窪田空穂は、この対面の場で次のような問答があったことを書き残している。

関西へ行つて帰つて来た与謝野氏(―寛)も、鳳(―与謝野(旧姓))に逢ふと、歌つてものは本当に、思つた通りの事を云へばいいものかと聞くので、それでいい、それだけの物だつて返事をしたが、本当かつて駄目を押して居た、といふ意味の事を云はれた事があつた。33

「思つた通りの事を云」うという与謝野の作歌姿勢は、もとをたどれば前述の寛の歌から学んだことだった。与謝野は「形式の修飾を構はないで無造作に素直に詠」むという態度を寛の歌から学び取ったが、その作歌態度を当の寛から「それでいい」と肯定されたのである。「思つた通りの事」を「無造作に素直に詠」むことが「自我」を発揚することだ―この単純明快な論理を、与謝野は愚直に実践しようとしたと思われる。では、与謝野の「思つた通りの事」とは何だったのか。

寛との対面もあって、与謝野はますます『明星』に没入していった。初投稿の第二号において六首であった歌の数は一気に増え、第七号(一九〇〇年一〇月)では和歌二八首に加え新体詩一つを数えるまでになる。この号の和歌には、現在でも有名な「やわ肌のあつき血しほにふれも見でさびしからずや道を説く君」という一首が含まれている。「やわ肌の」の歌の衝撃は強いものであり、与謝野は次第に『明星』を代表する女流歌人の地位を確立していく。

寛は『明星』八号(同年一一月)において「往々短形の詩だに満足に出来ぬ人が長篇の詩を送附せらるゝ

は不心得也」[34]として、まだ「修養」の足りない同人には短歌から取り組むように促していた。しかし、与謝野は翌月の第九号に「紅情紫恨」と題した新体詩を投稿し、掲載されている。その二か月後の『明星』第十号（一九〇一年一月）の書簡欄で与謝野は、「みな様そろひて長き詩に筆つけたまひしこと何よりおめでたく……自我の色がやゝ分明になりこしことは、たれさまのお作のうへにも見ゆるやうに候」[35]と述べて、自分を含めた『明星』同人たちの「自我」の発揚を喜んでいた。「らく天などゝとても思ひも及ばぬ事」という「思つた通り」の弱音の影は、ここには見られない。

実際、『明星』の誌面に表れる与謝野は生き生きとしていると言ってよい。表紙の裸体画のために第八号が発禁処分を受けた際には、翌九号で財政援助のための寄付が同人たちに要請された。与謝野はこの寄金の「首唱者」の一人として呼び掛けに加わり[36]、自身も一三円を新詩社に送っている。これは、前述の河井酔茗・河野鉄南が、五人の連名により五円を寄付したことなどと比べても、同人中で著しく額が大きい[37]。与謝野は同人たちと切磋琢磨しながら「自我」の発揚を目指す『明星』のコミュニティを楽しみ、また『明星』が抱える問題を我が事として受けとめ、積極的に関わろうとしていた。

（三）虚妄の自己への賭け

与謝野は『明星』と「ホーム」の間で動揺しながら、『明星』というメディア上のコミュニティ空間で活躍し、確たる地位を築いていった。その結果として、与謝野は最終的に「ホーム」という此岸を捨てて彼岸へと渡河してしまう。しかしここでは、「思つた通りの事」として詠われた強靭なナルシシズムの陰に隠れた、もう一つの「思つた通りの事」の行方を追っていきたい。

一九〇一（明治三四）年六月、与謝野上京。その翌月の『明星』第十三号では、詩愁生なる人物が昨今の『明星』の短歌について「鳳女史（—与謝野）が縦横に断つて廻」っているとした上で、与謝野の短歌から感じられる印象を「女史の性は極めて過熱的である。女史は静より動、平より乱、神より魔、更に進んでは成功よりも失敗を希望する性の人であるらしい」[38]と記している。短歌の印象が、そのまま「与謝野晶子」という人間そのものの印象と重ね合せられているのである。このことに関して、たとえば同号の書簡欄において、「しろ菫」と名乗る女性（玉野花子）が与謝野に次のようなメッセージを送っている。

しら萩様（—与謝野）しら梅様（—増田まさ子）いまだお逢ひ致さぬ姉達ながら、そのみなさけ嬉しく、つひ〳〵身の程も顧みず、打とけかこちまゐらせ居り候。みふみしば〳〵たまひ候。しら萩さま世の常ならぬみなやみおはすやう推しまつり候。されどかの君はつよく〳〵おはし候。私どもの及ばぬつよきみこころ持たせ給へる君に候。

私もつよくなりたく候。[39]

ここで玉野は、まだ一度も会ったことのない与謝野を「私どもの及ばぬつよきみこころ」を持つ「姉」として慕っている。そして、「世の常ならぬみなやみ」を抱える与謝野を心配しつつ、「つよきみこころ持たせ給へる君」なのだからと励ましているのである。

与謝野が抱く「世の常ならぬみなやみ」とは、前節で確認した「ホーム」との葛藤である。玉野からのメッセージの二か月前、『明星』第十二号の書簡欄で与謝野は、「この国のホームに泣くもの、しろ菫の君のみにはおはさず候」[40]と記していた。一連のやりとりからは、『明星』というコミュニティでは、与謝野を含む女性同人の多くが「ホーム」への憂いを共有していたことが窺える[41]。

与謝野が上京したのは玉野とのやりとりの最中である。したがって、この果敢な決断は、『明星』の女性同人に共有されていた悩みに対する強烈な回答となり、他の女性同人から「つよきみこころ」を持つ「姉」と慕われる所以ともなる。「極めて過熱的」「静より動」といった評価は、ますます「与謝野晶子」という人間そのものへの評価として認識されていっただろう。『明星』というメディアが、その同人たちの人物像を作為的・戦略的に形成しようとしていたことは既に指摘がある[42]が、そうした『明星』の戦略からいっても、誌上において「つよきみこころ」を持つ与謝野の姿が、与謝野その人の実際の姿として同人たちから承認されることは大いに好ましいことだろう。

しかし、玉野が誌面に表れた与謝野だけを見て「姉」と慕ったように、上京以前の段階では、「つよきみこころ」を持つ与謝野の姿は、『明星』というメディア上に仮想された存在でしかなかった。一方で与謝野は、玉野の知らないところで実体として存在する、「つよきみこころ」を持たない弱い自己を知っている。つまり上京という人生選択は、『明星』という仮想コミュニティにおいて周囲から期待され慕われていた虚妄の自己に実体を与え、現実の自己としてしまおうという大いなる決断だったのである。では、「ホーム」にあって「つよきみこころ」を持たない本来の自己は、どうなってしまうのか。

これまで挙げてきた引用にもあったように、堺時代の与謝野はみずからの生活環境をたびたび「ホーム」と言い表している。当時、「ホーム」という概念が、旧来のものとは異なる新しい家族像として、特に「団欒」「和楽」といった心温まる場所としてのイメージが付随する形で広まっていたことはよく知られるところである[43]。たとえば、『女学雑誌』の編集を務めた巌本善治が示した「ホーム」なる概念は、次の一文によく表れている。

家族団欒し父子昆弟相親睦して少《いささ》かも掛念なき吾家《ホーム》と云へるものぞ即ち人生最上の楽場所ならん茲には世辞も不用なり掛引も不用なり厳粛にして競々たるべきいかめしの礼式も亦た不用なり己れ粗服を着すれば他も亦た粗服なり己れ困苦すれば他も亦た困苦すべし貧富共に同じく杞憂つねに一なり他が吾を見下ぐべき心配もなければ吾が他に示すべき虚勢もなし暇あれば相集りて談笑和楽し事あれば相助けて拮据経営す父母は子を愛していつはりなく子は父母に仕へて不安の念なし夫婦つねに相睦みて一点のまたげなく兄弟相和して一人の他人なし人生豈にかゝる愉快の地あらんや之を以て西洋人はホームと云へる者を非常に尊重しかの国の教には家《ホーム》を以て天国の雛形を示すものとなせり[44]

『文学界』の読者である与謝野は、その姉妹雑誌である『女学雑誌』にも眼を通していただろう。したがって、「ホームの波風」という与謝野の歎きには、単に家族をやっかむ心情ではなく、本来あるべき理想の「ホーム」を期待しながら、その思いが満たされない悲しみを読み取ってよい。「つよきみこころ」を持たない与謝野の弱い自己は、「ホーム」がまさに「ホーム」たることを期待していたことだろう。

上京して約五か月後、一九〇一年一一月の『明星』第十七号に掲載された「母の文」という美文がある。この作品は、上京後の与謝野が『明星』に発表した最初の短歌ではない―ある程度「修養」が進み、「自我」を発揚できるようになった者だけに可能な長文の―作品である。堺の母親から東京の与謝野に宛てた手紙という形式をとるこの作品で、「母」は近況を報告しつつ、幼少期の娘の姿を回顧しながら東京での生活を気遣っている。寛に「思つた通りの事」を詠えと習った与謝野は、この美文調の作品において、かつて暮らした此岸からの手紙をどう詠むのか。

我〔─「母」〕も父上も陽気なのが好とて、春秋毎の下川原の宿、世は楽しきものと思ふ中の御前様〔─与謝野〕、学校にて意地悪されての事、少時たたば《（ママ）》の性質、終に終に復らず、人は皆御前様をよき人と云へど、御前様はまこと人を如何思うて御出なさるのか、知れぬ様な所も有りて、母にまで隔意《へだて》が有るのかと思ひもしたれ、御前様が我事一番かわゆく覚え候。母の返事が遅いとて死なむなどの文書く子の有り申し候や。気を附て大人らしく大人らしく御成なさるべく候。[45]

また、異母姉に囲まれて育ったことが与謝野の性格を屈折させ、内向的にしてしまったことを「母」は次のように詫び、

僻みか偏屈か、人には掩《おほ》うて掩うて見られぬ様と、御前様為し居らるゝ迄も母は知居り候。母は二人の姉の枝振見るに下枝《しづえ》の其方振返り見る間の無かりしに候。されど六人の同胞《はらから》の中にて最も多く今日の日まで共に居りしは御前様に候。[46]

そして最後に「世に二人の親子の御前様と我」[47]であることを確認する。こうした「母」と「御前様」の

関係は、与謝野に「ホーム」的な温もりを与えていたものであろう。

出生直後の与謝野は、出産後の母親の体調が優れなかったこともあり、近隣に住む親戚の家に預けられていた。「母」はその当時のことを次のように回想する。

〔「御前様」が〕夜泣朝泣、泣蟲になりしを、其頃は最うおとない〳〵しう内に居らるる父上、また御機嫌損ねる様の事の有りてはと、乳母と共に柳町の叔母様の許へ預けては、十四丁の道姑様御眠み被為て後を、提灯ともして下女も連れず、我は毎夜其方が顔見に行くが楽しみにて候ひし。[48]

こうした光景は、「杞憂」を常に共にし、構成員の間で抑圧的な力関係もなく、「父母は子を愛していつはりな」いという理想化された「ホーム」とは異なる。「母」と「御前様」の関係は、母集団としての温かな「ホーム」の一部としてあるものではなく、あくまで「母」と「御前様」という一対一の関係の間で成立した「ホーム」的情愛であった。

ここで重要なのは、この詩が極めて浪漫主義的な性格を持つ美文というスタイルで書かれていたこと、また遠方から届けられた手紙という形式をとっていることである。つまり、上京以前の与謝野が島崎藤村的な枠組みの中で此岸から彼岸を憧憬していたものが、枠組みだけそのままに、憧憬の眼差しの向けられる先が逆転しているのである。此岸から彼岸へと渡河した与謝野は、かつて暮らした此岸に対し、彼岸に対するような憧憬の眼差しを向けている。

そして、彼岸にあって「母の返事が遅い」ことを今更ながら心細く思う与謝野に対し、此岸の「母」から送られたメッセージは、「気を附て大人らしく大人らしく御成なさるべく候」という諭しだった。この諭しは、「思つた通りの事」を詠めという寛の教えからして、与謝野の与謝野自身に対する諭しだろう。

上京以後の与謝野は、誌上のみでのコミュニケーションではなく、新詩社の会合に参加したり[49]、近時の文壇を批評する「文芸雑俎」の執筆を担当したりするなど、『明星』編集の主要メンバーとして参画していた。与謝野にとって東京とは、『明星』において期待された、「つよきみこころ」持つ女性として存在すべき場所である。誌上のみではない実際のコミュニケーションを確立した後に書かれたという点で、美文「母の文」の持つ意味は大きい。与謝野は名実ともに、「つよきみこころ」を持つ彼岸の理想的人間として生きていくことを選択したのである。それは同時に、「ホーム」的な母親との情愛を求めていた弱い自己を、憧憬の彼方に置き捨ててくることを意味した。

寛との恋愛を奔放に詠い上げた『みだれ髪』が世に出たのは、上京からわずか二か月後の一九〇一年八月である。『みだれ髪』がナルシシズムに充ちた作品だとされる所以は、現実の自己を即理想たらしめんとする与謝野の強靭な思想的志向であり、またその陰には、そのように生きることをみずからに課する孤独な覚悟があった。「つよきみこころ」を持つという虚妄の自己に、与謝野はこの先の人生を賭けてみることにしたのである。時に与謝野、二二歳だった。

二、自己肯定の思想

（一）新たな自己の選択―明治末年の「煩悶」

与謝野は『明星』というコミュニティにおいて、それまでは会うこともなかった多くの同人から思いがけない期待を寄せられた。その期待は、本来の自己からすれば思いもよらない、「つよきみこころ」を持つ「姉」としての存在を求めるものだった。与謝野はその期待に応えて彼岸へと渡河し、弱い自己が存在する此岸には戻らない道を選んだ。そうした人生選択は、与謝野が孤独な読書空間のおいて培った個人としての欲求を満たすためのものであり、かつ不特定多数の人々から寄せられた期待に応えようとするものでもあった。与謝野はそのために、本来は弱いはずの自己に「気を附て大人らしく大人らしく御成なさるべく候」という諭しを与えていた。与謝野はそのような意味において一人の責任主体であり、『明星』の組織や目標は、与謝野にとっての公的秩序とも言うべきものだった。

その与謝野は、明治の時代が進むにつれて、自己に対する自信を失っていった。そのことを与謝野は「煩悶」と表現している。ここからは明治末年における与謝野の「煩悶」とその克服過程をたどる。

明治三〇年代前半の浪漫主義文壇を牽引した雑誌『明星』は、自然主義文学が台頭する明治末年の文芸思潮の中で、次第に売り上げ部数を落としていった。新詩社は著しい経営難に陥り、新詩社を運営する与謝野家は経済的困窮に苦しめられた。『明星』は一九〇八（明治四一）年に廃刊のやむなきに至る。青年期与謝野の自己の基盤となった公的秩序は、ここにその歴史的役割を終えたのである。

その頃の与謝野は、『明星』を代表する歌人として、また寛の妻として、さらには三男三女の母として、家計のために多量な文筆活動をこなすことを強いられていた。次の引用は一九一〇（明治四三）年一一月に書かれた「雨の半日」の一節である。

自分は此四五年筆を執ることに計り急がしい。その自分で書いた物すら碌碌《ろくろく》に読返す暇も無い。「文学とはこんな物では無かった筈だが」と思ふことも屡々である。……
自分の暇が無いのは身体に暇が無いのである。自分の書いてゐる物の半分は労働に過ぎない。まだ心には沢山の余裕がある。其れがなさけなくてならぬ。少し落着いて自分に適した「心」の仕事をしようと思ふと、直ぐ後から後からと心にもない浅はかな書き物に追ひ掛けられ妨げられる。……子供に対する親の義務を感ずればこそ自分は心にも無い書き物に急がしい日送りもするのである。子供があるのである。自分の足は地の上へ釘付けられ、幾百億の凡人が過去に見、現在に見てゐる平俗な世間を自分も見るのである。自分の目に由つて初めて見つけだす世界のある事を知つてゐながら、其方へ目を放つ暇がないのである。[50]

この文章が書かれた時点で、『明星』の廃刊から二年が過ぎている。拠って立つべき公的秩序を失い、家族の扶養責任を一身に背負った与謝野が見たのは、彼岸の理想へと到達したはずの自分が、いつしか抱えるようになっていた現実だった。理想の体現者としての「「心」の仕事」は、今や家族を扶養するための単なる「労働」に「追い掛けられ妨げられ」るようになってしまった。

しかし、与謝野はこのような憂いの中でただ悲嘆に暮れていたわけではなかった。与謝野は同時期に記した「雑記帳」の中で、次のようにも語っている。

自分は又、人生を否定し悲観し我身を見窄《みすぼ》らしい物の様に自暴自棄する消極的思想の行れるのを賎民的傾向として軽蔑してゐる。人生を苦痛の連続と見、無意味の努力と見るのも哲学上根拠のある説ですけれど、其苦痛に打勝つて怡楽《いらく》を得よう、少しでも有意味の生活を建てようとするのも人間本有の欲求である以上、能ふ丈我身を自愛自重する積極的態度で進むのが賢い仕方であり、其れが古来の天才偉人の道である。[51]

現実の中でただ悲嘆に暮れることは、その自尊心が許さなかった。この時期の与謝野は、現実に喘ぐ自分を「幾百億の凡人」に擬え、「天才偉人の道」を自身に課している。「天才偉人の道」を歩まんとしていたはずの与謝野は、「幾百億の凡人」の群れの中へといつしか転落していた。与謝野はそのことに戸惑い、苛立っていたのである。

こうした「煩悶」の克服過程を考える上で、まず一九一三（大正二）年に書かれた与謝野の自伝的小説「明るみへ」を参照しよう。「明るみへ」は『明星』の廃刊（一九〇八）から夫・寛の渡欧（一九一一）までの与謝野の心理的変化を綴った作品である。『明星』の廃刊に落胆を隠せない寛を、与謝野は西洋留学へと送り出した。寛は一九一一（明治四四）年一一月に渡航し、与謝野は一九〇一年の上京以来、はじめて寛の長期不在を経験することになる。一九一一年とは、与謝野が「「心」の仕事」が出来ないと嘆いたその翌年だった。夫が旅立った後の心境を、与謝野は「明るみへ」の中で次のように回想している。

私は何んだか急に自分の命のぐらつき出したのを感じます。これは良人の居なくなつた家へ帰つて来た以来の新しい変化です。……それがもう恋の世界ではないかも知れませんが、私を新しく包んだ空気は瑠璃色をして居ます。……曽て恋をし初めた日に作つた自分の世界の蜜のやうな空気に何時しか浸り過ぎて、其れが自分の命を曇らせ、低徊させ、鈍らせて、自然そこに固定するやうな傾向を私が持つやうになつて居ましたのは事実です。……一昔前に私は寂しいひとりぼつちの娘であつたればこそ、新しい果実の皮を剥くやうに、自分の純な命を開いて真剣に自分の恋を作り出すことが出来ました。私の芸術は命から迸る血の飛沫でした。私が再び経験するひとりぼつちは命を前へのし出して何を新しく掴ませようとするのでせう。[52]

前の引用で与謝野が「自分の目に由つて初めて見つけだす世界」と語っていたのは、この引用で言うところの「曽て恋をし初めた日に作つた自分の世界」のことだろう。しかし、そこに「何時しか浸り過ぎ」ていたと反省した与謝野は、「寂しいひとりぼつち」だった「一昔前」の自分のように、何らかの新たな自己をこれから求めていくのだと言う。この記述はあくまで自伝小説のものである。しかし、こうした自伝を書いたということは、そこには少なくとも何らかの変化を遂げたと見られたい、乃至はそう見られて構わないという意識があろう[53]。つまり、与謝野は寛の不在を契機に、新たな自己認識を求めようとしていた。少なくとも一九一三年の与謝野から見て、一九一一年の与謝野はそのような地点に立っていたのである。

「寂しいひとりぼつち」であった「一昔前」の自分のように、何らかの新たな自己をこれから求めていくということは、寛を追って上京しようとしていた頃の自分に立ち返るということであり、それは理想の彼岸へと渡ってしまう以前の自分を回復することだとも言えよう。彼岸の理想に到達していながら新たな現実の前に苦悩していた与謝野は、まず自分の立ち位置を彼岸に置くことをやめてみたのである。そのように「明るみへ」を理解すると、与謝野が一九一一年に至ってその「煩悶」を克服していく過程を見て取ることが出来る。

まず、寛が渡欧した一九一一年頃に書かれたとされる「新婦人の手始」を参照する。この中で与謝野は、平安貴族の女性を引き合いに出し、自身を含む日本女性の現状と今後について語っている。

　自分の境遇を静かに反省し、境遇から余り飛び離れない発展の順序を取る思慮を欠いて、一躍その理想を実現しようとした和泉式部は謂ゆる今日の煩悶の人で、何うしても悲劇を作り出す運命を持つて居りました。54

ここで与謝野は和泉式部を「今日の煩悶の人」と見るが、「一躍その理想を実現しようとした」和泉式部の生き方とは、まさに与謝野自身のそれまでの歩みに他ならない。与謝野は続けて次のように語る。

　今日の我我若い婦人は、在来の古い習慣に従はうか、新しい世の理想に従はうかと云ふ様な二つの路の分岐点に立つてゐるのでは無く、旧時代を背後にして、橋一つを隔てて向うに新時代を望む大川端まで押寄せて来て、混雑し犇き合つてゐるのですよ。55

「在来の古い習慣に従はうか、新しい世の理想に従はうか」という問題は、かつて「一躍その理想を実現しようとし」て彼岸へと渡った与謝野自身が抱えていた問題だった。そして、理想の彼岸へと渡ったかつての自分を一度振り出しに戻した与謝野は、戻らないと決めた弱い自己に回帰してしまうのではなく、改めて

「新しい世の理想」を彼岸に捉えた「橋」に歩を進めようとする。

ここで重要であるのは、「橋」を渡るところなのだという現状認識と、その「橋」が「混雑し犇き合つてゐ」るために渡ることが著しく困難だということである。この状況では、「橋」を渡った先のことよりも、まずは「橋」を無事に渡りきることを考えなければならないだろう。

　自重し警戒しながら素早く混雑《こみあ》ふ橋を渡り切らうとするには、橋詰に立つて橋の在所を示して下さる真の識者の議論に頼つても宜しいが、其れは詰り参考と致す位の事で、自分で自分に適した進路を押開く覚悟が大切です。……種種の立派な議論を参考とするにしても其中から更に自分の見識で自分の現在に適した部分を選んで用ゐねばなりません。然うでなくて一躍理想を追はうとすると、婦人は男子と異ひ社会的にも不便があり、自分の智識や感情や意志にも相当の準備が不足してゐますから、屹度家庭と衝突したり、自身にも理想と実際との矛盾に煩悶したり致す羽目に陥るでせう。其れでわたしは「自分の見識で自分の天分と境遇とに適した路を選んで、一歩一歩、踏み締め踏み締め自分の理想に向つて躍進すること」をお奨め致したいのです。[56]

「一躍理想を追はうと」すれば、和泉式部もそうであったように、「理想と実際との矛盾」のために「煩悶」に陥ってしまう。与謝野はそうではなく、「自分の見識」を以て「自分の天分と境遇とに適した路を選」び、彼岸の理想へと向かう「橋」を「一歩一歩、踏み締め踏み締め」て渡ろうとしていた。この頃の与謝野は、彼岸の理想へ到達するという結果よりも、その到達の仕方により関心を向けていた。

そして、寛渡欧後の一九一一年一〇月に発表された「偶然と直覚」と題された次の感想では、与謝野が箇条書きの形で自身の思想を綴っている。

天才と能才と凡人との区別の物古りて無用なるかな。新しき批評家は「その人、その一生に如何ばかり自己を転換して新異の生活を開拓せるや」を述べよ。[57]

ここには「天才偉人の道」を歩み得ぬ「凡人」としての自分に悲歎していた一九一〇年までの与謝野の姿は無い。与謝野は「天才」と「凡人」の区別を「無用」として捨て去った。そして与謝野は、次のような新しい自己認識を語るのである。

○われは総てに過程を喜ぶ。過程の複雑にして一見混沌と見まがふ許りなるを酷賞す。結論と幕切とは概ね予期に反せずして心跳の乏しき例とす。これ結論をのみ蒐集したる教訓譚の類の青年に愛せられざる所以なるべし。過程に次ぐ過程を以てするものの最なるは人生なり。……
○わが行ふ所、筆にする所の一切には毫も明日までの自信なし、われは今日を営み、今日を記録す。之を昨日に比しなば甚だしき矛盾あらん。われは其れに就いて恥づべき理由を発見せず。寧ろ更により甚だしき矛盾を明日以後に生ぜんことを願へり。されば我の一切は過程なり。不安と動揺とに充ちつゝ新異を追ふ所の過程なり。[58]

重要なのは彼岸の理想に到達するという結果よりも、彼岸に到達する道程のあり方である。そして、それを「自分で自分に適した進路を押開く覚悟」で歩むこと自体が、与謝野にとっては自己を表現することだった。与謝野晶子という人間は、彼岸の理想を追って絶えず生成変化を続ける永遠の「過程」であり[59]、未だ理想に到達できずに「煩悶」する「今日こゝ」の与謝野も、その「過程」の一断面として肯定されるのである。

与謝野の思想的変化を冷ややかに見るならば、単に大人になっただけとも言える。しかし同時に、この思想展開の根底には、『みだれ髪』以来の「今日こゝ」にある自分をそのままで肯定しようとする与謝野の精神性も息づいている。与謝野のナルシシズムは、「自分で自分に適した進路を押開く覚悟」によって、常に自己肯定を譲らない自尊心を堅持しようとした。

（二）自己認識のあり方

与謝野が獲得した「過程」という自己認識は、『明星』という自身の公的秩序を失った後に獲得されたものである。与謝野の自己は、その存在が公的主体であることを約束してくれる場を失ったまま、「自分で自分に適した進路を押開く覚悟」を持とうとしたのである。このことがどういう結果に至るのかは、次章で論じよう。ここで考えたいのは、与謝野の思想展開が、『明星』時代からその以後まで、何らかの自己を選択するという方式によって行われていたことについてである。その意味を考える上で、ここでは本書のもう一人の主人公・らいてうこと平塚明子に目を向けたい。

与謝野が「煩悶」を克服した一九一一年は、日本で最初の女性だけによる文芸雑誌『青鞜』が刊行された年でもあった。与謝野は平塚の依頼を受け、『青鞜』創刊号の巻頭に「山の動く日来る」他の詩を寄せている。「神秘主義」[60]とも形容される青年期の平塚の思想に大きな影響を与えたのが参禅体験であることはよく知られている。独我論を脱したとして、個を越える普遍性を希求していた「煩悶青年」たちに衝撃を与えた西田幾多郎の『善の研究』（一九一一）もまた西田の参禅体験によるところが多かった。平塚の思想もまた、個を超える普遍性を自己の内奥に求めようとする同時代の思想傾向の例に漏れない。

平塚が『青鞜』に期待したのは、「女性のなかの潜める天才を、殊に芸術に志した女性の中なる潜める天才を発現しむるによき機会を与へる」[61]ことだった。平塚は『青鞜』創刊の辞「元始女性は太陽であつた。—青鞜発刊に際して」の中で次のように書いている。

私の希ふ真の自由解放とは何だらう、云ふ迄もなく潜める天才を、偉大なる潜在能力を十二分に発揮させることに外ならぬ。それには発展の妨害となるものゝ総てをまづ取除かねばならぬ。それは外的の圧迫だらうか、はたまた智識の不足だらうか、否、それらも全くなくはあるまい、併し其主たるものは矢張り我そのもの、天才の所有者、天才の宿れる宮なる我そのものである。

我れ我を遊離する時、潜める天才は発現する。

私共は我がうちなる潜める天才の為めに我を犠牲にせねばならぬ。所謂無我にならねばならぬ。（無我とは自己拡大の極致である。）[62]

ここで注目するのは、「天才」という言葉である。先述のように、明治末年の「煩悶」を経た与謝野は、

「天才」性を自己に求めることを放棄していた。とはいえ、自己に「天才」性を課するか否かという点で比較するのは、与謝野が平塚よりも八歳の年長であることを考えると、あまり生産的な議論ではなかろう。自己に「天才」性を求めることは、思想的な若さの故でもある。ここで考えるのは、「天才」性を求めるか否かではなく、「天才」性を自己に求める、または求めない際に、二人がどのような自己認識の仕方をしていたかである。

平塚が言う「天才」とは謂わば没我の境地において発現されるものである。それは「精神集注」によって「中層乃至下層の我、死すべく、滅ぶべき仮現の我」を滅却し、「最上層の我、不死不滅の真我」[63]に到達することによって得られるものだった。「私は総ての女性と共に潜める天才を確信したい」[64]と語る平塚にとって、「天才」とは彼方に希求する理想的な人間のあり方ではなく、すべての人間に予め付与されたものである。したがって、人間は現状において既に「天才」性を有しているのであり、あとはそれを発揮しさえすればよい。

一方、与謝野の思考様式は、自己が現状に立ち止まることは許さず、その深奥を探求するような静的な態度は採らなかった。「天才偉人の道」を自己に求めた与謝野にとって、その自己とは理想の彼岸に渡った結果としての虚妄の自己である。また、「天才偉人の道」を自己に求めるのをやめた、明治末年の「煩悶」を経た与謝野にとっての自己とは、彼岸の理想へ到達しようとする「過程」としての自己だった。

彼岸に見出した虚妄の自己を追い求めるか、自我の内奥に沈思して真の自己を見出そうとするか。こうした自己認識の方法の違いは、与謝野と平塚の思想傾向を分ける本質的要因となる。明治末年の「煩悶」を迎えた与謝野が、それでも自己肯定を譲らなかったことには、家族の暮らしを守らなければならないという実際的な事情もあった。しかし、平塚も後に似たような事情を抱えるようになるものの、その静的な自己探求は変わらなかった。与謝野は自己を追及するにあたって一貫して動的であり、平塚は一貫して静的であり続けた。両者のこの本質的な違いは、二人が見出す公的秩序のあり方に大きな違いをもたらすことになる。しかし、ここではさしあたり、第一章の問題をまとめておきたい。

与謝野は『明星』という公的秩序において求められた役割を果たそうとした結果として、「つよきみこころ」を持つという虚妄の自己を、実際の自己のあり方として選択した。その意味で、与謝野は確かに公的秩序における主体だった。その『明星』という公的秩序を失い、また自己への信頼をも失った与謝野は、「煩悶」を克服するべく自己の再選択を行った。それは、彼岸の理想へと至ろうとする「過程」としての自己だった。「煩悶」を克服した翌一九一二（明治四五）年、与謝野は「此両三年」に生じた葛藤を次のように述懐し、創作活動に臨む覚悟を記している。

或人は今日の如き時代にあつては二重三重の生活をせねばならぬと云ふ。其意は仮面の生活をせよ、心ならぬ製作も衣食の為めに忍べと云ふのである。……併し自分の性情としては何うも仮面を被《かぶ》りにくい。心ならぬ仕事をするのが厭である。自分は此両三年この矛盾に人知れず悩んだ。

而して自分の今の心持では斯う考へて心の上の平衡を兎に角保たせて居る。其れは二重三重の生活だと考へると慊《あきた》らぬ所、安からぬ所がある。自分は何事をするにも唯だ一重の平面な生活だと考へたい。一枚の平面の上に自分は幾様の変化ある生活をして居るのだと考へたい。其れで自動的に製作する場合は勿論のこと、他から需《もと》められて受身に成つて筆を執る時も自分の力量の許す限りを惜まずに出して、其れにも是にも相応の「我」と云ふ刻印を押して置かうと思ふ。純粋の叙情詩、それは自分の瞳の様な位置を占めて居るものであるけれども、夫れを主として世人の買ふ時代は遠い将来、自分の生きて居ない将来の事である。自分は手をも口をも足をも斉《ひと》しく充実したる自分の表示だとして時の人の縦覧に任す。自分の一切の述作に自分を偽つた物は一つも無いことを期する。述作のみならず、良人と棲むのも、子供を育てるのも、自分と関係を持つ一切の事は皆自分の実際生活の各範疇である。[65]

与謝野があらためて選択したのは、「実際生活」を生きる「相応の「我」」という名が付された「過程」としての自己である。しかし、選択という契機を含んでいる限り、そのような自己であることを自分に言い聞かせたと言う方がなお適切だろう。その意味で「過程」としての自己も、やはり虚妄の自己である。そして重要であるのは、与謝野をして「つよきみこころ」を持つという虚妄の自己を選択せしめた『明星』という公的秩序が、「過程」としての自己には失われていたことである。「述作のみならず、良人と棲むのも、子供を育てるのも、自分と関係を持つ一切の事」とあるように、与謝野に第二の自己の選択をさせたのは、現実の暮らしの中での関係性―いかにも「私」的な「生活」に限定された―に対する責任だった。このことがもたらす葛藤は、その後の思想展開の動因となっていくのである。

註

1　逸見久美『評伝　与謝野鉄寛晶子』八木書店、一九七五年、二六三頁。
2　松本三之介『明治思想史―近代国家の創設から個の覚醒まで』新曜社、一九九六年、二二三頁。

3　与謝野「清少納言の事ども」『早稲田文学』一九一一年一月、『一隅より』（金尾文淵堂、一九一一年）所収、『全集』第一四巻、六一頁。
4　前田愛『近代読者の成立』有精堂、一九七三年、『前田愛著作集』第二巻、筑摩書房、一九八九年、一二九頁。
5　同右、一四九頁。
6　当時における読書の個人化と内省化の現象については、永嶺重敏『雑誌と読者の近代』（日本エディタースクール出版部、一九九七年）を参照。
7　たとえば一八九九（明治三二）年五月五日の河野鉄南宛与謝野寛書簡では、「よしあし草おひ〳〵整美致候　定めて諸君の惨憺たる御苦心に相成り候ものとおしはかりまゐらせ候」（『集成』第一巻、一六頁）とある。
8　当時の関西地方の文壇状況については、明石利代『関西文壇の形成―明治・大正期の歌誌を中心に』（前田書店出版部、一九七五年）、木村勲「「関西文学」終刊から『文壇照魔鏡』事件へ―初期「明星」のメディア史的考察」（『神戸松蔭女子学院大学研究紀要　人文科学・社会科学篇』五〇、二〇〇九年）など。
9　「明治三三年二月日不明　河野鉄南宛寛書簡」『集成』第一巻、一九頁。
10　「明治三三年七月二六日（推定）　河野鉄南宛晶子書簡」、同右、五二頁。
11　与謝野「ひらきぶみ」（『明星』一九〇四年一一月）には「私十一ばかりにて鴎外様のしがらみ草紙、星川様と申す方の何やら評論など分らずながら読みならひ、十三四にてめざまし草、文学界など買はせ居り候」とある（『全集』第一二巻、四六八～四六九頁）。
12　「明治三三年四月五日　河野鉄南宛晶子書簡」『集成』第一巻、二九頁。
13　「明治三三年三月二日　河野鉄南宛晶子書簡」、同右、二一頁。
14　北村透谷『エマルソン』民友社、一八九四年、『明治文学全集』第二九巻、筑摩書房、一九七六年、二五三頁。
15　同右、二七〇頁。
16　同右、二七八頁。
17　北村透谷「人生に相渉るとは何の謂ぞ」『文学会』第二号、一八九三年二月、同右、一一三頁。
18　北村透谷「内部生命論」『文学会』第五号、一八九三年五月、同右、一四六頁。

19 与謝野「あとがき」『与謝野晶子歌集』岩波書店、一九四三年、三六一頁。

20 佐藤伸宏『日本近代象徴詩の研究』翰林書房、二〇〇五年、三七〇頁。また、紅野謙介氏も、透谷の言う「内部生命」が「「内部」でありながら絶対の「外部」であり」、「その「内部」にして「外部」の「生命」にふれる唯一の機会」は「「瞬間の冥契」としての「インスピレーション」である」とした上で、藤村が用いる「内部の生命」という言葉は「その名のとおりの「内部《なか》」の「生命《いのち》」であ」って、「透谷に見られた「外部」としての「内部」、もはや「インスピレーション」でしかふれえない「心宮の秘奥」ではな」かったとして、透谷と藤村の間に「生命」論の読み替えがあったことを指摘している（「透谷の「生命《ライフ》」、藤村の「生命《いのち》」」、鈴木貞美編『大正生命主義と現代』河出書房新社、一九九五年、一〇〇～一〇一頁）。

21 北村透谷「厭世詩家と女性」『女学雑誌』第三〇三・三〇五号、一八九二年二月六・二〇日、前掲『明治文学全集』第二九巻、六五頁。

22 島崎藤村『若菜集』春陽堂、一八九七年、前掲『明治文学全集』第六九巻、七頁。

23 前掲北村「厭世詩家と女性」、六五頁。

24 「明治三三年五月二六日　河野鉄南宛晶子書簡」『集成』第一巻、四二頁。

25 前掲島崎『若菜集』、九頁。

26 与謝野「親の家」『藝苑』一九〇七年四月、『全集』第九巻、三二六頁。

27 与謝野『歌の作りやう』金尾文淵堂、一九一五年、『全集』第一三巻、三二頁。

28 同右。

29 『明星』第一号、一九〇〇年四月、一頁。

30 同右。

31 『明星』第三号、一九〇〇年六月、一七頁。

32 『明星』第二号、一九〇〇年五月、一三頁。

33 窪田空穂「作歌を初めた当時の思ひ出」『短歌雑誌』一九一八年一〇月～一九一九年二月、『窪田空穂全集』第五巻、角川書店、一九六六年、三四〇頁。

34 『明星』第八号、一九〇〇年一一月、九二頁。

35　『明星』第一〇号、一九〇一年一月、六三～六四頁。
36　『明星』第九号、一九〇〇年一二月、一二頁。
37　一九〇一年の一年間を通して「新詩社基本金」に出資した者は個人だけで一〇〇人を越えるが、その半分近くは一円以下の出資である。与謝野は三回の送金で計一八円を送っており、個人では上から三番目の高額である。
38　『明星』第一三号、一九〇一年七月、五一頁。
39　同右、四三頁。
40　『明星』第一二号、一九〇一年五月、四五頁。
41　「彼女〔―与謝野〕たちは、『明星』という私的共同体にしてかつ公的メディアでもある場において……、鉄幹を中心としたプラトニックな私的恋愛共同体を形成したばかりでなく、公的メディアとしての『明星』を舞台に女性のネットワークを作り、手紙や歌で私的な消息を公的空間で交換しては、女の連帯を実践してみせた」（江種満子「女性文学の展開」『岩波講座　日本文学史』第一二巻、岩波書店、一九九六年、二九八～二九九頁）。
42　高木えりか「初期「明星」のメディア戦略―その共同性を中心に」（『横浜国大国語研究』二二、二〇〇四年）、同「交錯する視線、創造される〈乙女〉―初期「明星」における身体表現とメディア戦略」（『近代文学研究』二二、二〇〇五年）など。
43　小山静子『家庭の生成と女性の国民化』（勁草書房、一九九九年）など。
44　巌本善治（社説）「女子と耶蘇教（其二）」『女学雑誌』第三八号、一八八六年。
45　与謝野「母の文」『明星』第一七号、一九〇一年一一月、『全集』第一二巻、四三〇頁。
46　同右、四三二頁。
47　同右、四三四頁。
48　同右、四三三頁。
49　『明星』第一四号（一九〇一年八月）の社告に、前月の新詩社茶話会の参加者として「鳳晶子」の名前がある（六三頁）。この茶話会参加者に与謝野の名前が出るのはこれが最初である。
50　与謝野「雨の半日」『早稲田文学』一九一〇年一一月、前掲『一隅より』所収、『全集』第一四巻、四〇～四一頁。
51　与謝野「雑記帳」は『女学世界』『東京二六新聞』『精神修養』などの複数の新聞雑誌に掲載された小文を『一隅より』（金尾文

淵堂、一九一一年）収録の際に同題にまとめたもの。『全集』第一四巻、二八〇〜二八一頁。
52 与謝野「明るみへ」『東京朝日新聞』一九一三年六月五日〜九月一七日、『全集』第一一巻、二六〇〜二六五頁。
53 日比嘉高『〈自己表象〉の文学史—自分を書く小説の登場』（翰林書房、二〇〇二年）は、明治四〇年代頃から多くなる作者自身を作中に描いた〈自己表象テクスト〉について、それらが「明治三〇年代から顕著になった煩悶青年的な〈人生問題〉」（一二三頁）を背景としていて、かつ「「自己発展」を志す〈自己〉そのものが表現の対象となり、表現することが「自己発展」をさらに推進する」（一六九頁）という性格を有していたことを指摘する。本論で述べた与謝野の「煩悶」を考えれば、「明るみへ」もまた同時代における〈自己表象テクスト〉の一つであったと言えよう。
54 与謝野「新婦人の手始」、初出誌不明、前掲『一隅より』所収、『全集』第一四巻、八二頁。
55 同右、八四頁。
56 前掲与謝野「新婦人の手始」、『全集』第一四巻、八四〜八五頁。
57 与謝野「偶感と直覚」、『早稲田文学』一九一一年一〇月（初題は「偶感と直覚と」）、『雑記帳』（金尾文淵堂、一九一五年）所収、同右、三六〇頁。
58 同右、三六二頁。
59 与謝野のこうした思想にはベルグソンの影響があるとの指摘もある（野村幸一郎「与謝野晶子の批評—ベルグソニズム受容を視座として」『京都橘女子大学研究紀要』二六、一九九九年）。
60 水田珠枝「平塚らいてうの神秘主義—成瀬仁蔵・ドイツ観念論・禅との関連で（上・下）」（『思想』九九六・九九七、二〇〇七年）など。
61 平塚「元始女性は太陽であつた。—青鞜発刊に際して」『青鞜』第一巻第一号、一九一一年九月、五二頁。
62 同右、四九〜五〇頁。
63 同右、三九頁。
64 同右、五〇頁。
65 与謝野「私の文学的生活」『女子文壇』一九一二年一月（初題は「自分の文学的生活」）、前掲『雑記帳』所収、『全集』一四巻、三五五〜三五六頁。

第二章　いかにも「私」的な個人と国家

『明星』の廃刊による公的秩序の喪失と自己の再選択という思想展開を経て、与謝野は明治末から大正という時代を迎えた。この頃の与謝野に見られる特記すべき変化といえば、「社会評論家」[1]と称されるような言論活動を開始したことである。その発言領域は、婦人問題から教育問題、文明論など多岐に亙った。一九一五（大正四）年からは総合雑誌『太陽』に連載を得るなど、与謝野は女性言論人としての地位を確かなものとしていく。

与謝野の変化の理由として挙げられるのは、たとえば一九一二（明治四五・大正元）年の洋行体験である。洋行体験に根差した「ナショナルな自覚」の芽生えが要因であるという理解である。しかし、その場合の「ナショナルな自覚」とは、当時のいわゆるデモクラシー思想が「内に立憲主義、外に帝国主義」の思想であったと言われるように、自由主義者として言論活動を行う与謝野が、結局は「帝国主義」を越えることができなかったという理解を伴うものだった[2]。

結局は「帝国主義」を越えることができなかったという議論は、序論でも示したように、与謝野の思想的限界を論じるものとしては目新しくない。しかし、そうした議論は、「公」としての大日本帝国を前提とする議論である。明治末から大正へと移り変わる時期が、日本近代史の曲がり角であったことは論を俟たない。特に与謝野が「社会評論家」として身を立てていった時期は、近代思想史の重大な転換点となった大逆事件があった。「ナショナルな」もの自体の意味が変容を遂げていく時代にあって、与謝野が何を「自覚」したのかについては、詳細な検討が必要だろう。

一、「君死にたまふことなかれ」考

前章で述べたように明治末の与謝野は、家族との暮らしといういかにも「私」的な必要のために、「過程」という新たな自己認識を獲得した。それは、かつてのように、『明星』という公的秩序に担保されない自己認識だった。そうした思想状況にあった与謝野は、はたして国家とどのような関係を持とうとしたのだろうか。それを考える前段階として、まずは日露戦争に際して詠んだ詩「君死にたまふことなかれ」（一九〇四）を検討する。

ああ、弟よ、君を泣く、／君死にたまふことなかれ。／末に生れし君なれば／親のなさけはまさりしも、／親は刃《やいば》をにぎらせて／人を殺せと教へしや、／人を殺して死ねよとて／廿四までを育てしや。[3]

と詠んだこの詩は、今日においてもしばしば反戦詩として扱われる。特に第三連「すめらみことは、戦ひに／おほみづからは出でまさね」の一節は、天皇制批判であるとの理解が行われたこともあった。この詩は当時においても非常な物議を醸し、とりわけ文芸批評家・大町桂月からは、「『義勇公に奉すべし』とのたまへる教育勅語、さては宣戦詔勅を非議す。大胆なるわざ也」「家が大事也、妻が大事也、国は亡びてもよし、商人は戦ふべき義務なしと言ふは、余りに大胆すぐる言葉也」[4]との筆を尽くした批判を受けている。

ここで検討するのは、「君死にたまふことなかれ」が物議を醸した後、与謝野や『明星』首脳部がこの問題をどのように処理したかである。与謝野は大町桂月の批判に対して、『明星』に「ひらきぶみ」なる随想を発表し、その意図するところを述べた。その後、与謝野寛及び『明星』同人の弁護士・平出修が直接大町を訪ねてこの問題について議論を交わし、事は一応の決着を見る。この一件は、歌人としての道を歩み始めた与謝野にとっては、初めて帝国主義国家というものが眼前に現れた事態であり、大町の批判に対して書いた「ひらきぶみ」は、その問題に対する与謝野なりの主張—と言えば、確かにそうだった。

しかし、その「ひらきぶみ」なる文章を読めば、単に反論だったと言うだけでは説明できない、様々な伏線が張り巡らされていることに気付く。まず気にかかるのは、「ひらきぶみ」全文のうち、大町桂月への反論にあたる部分は全体の半分にも満たないことである。「ひらきぶみ」は、大町ではなく「君」(—夫・寛)に宛てた私信という形式を採っている。弟が出征し、父親が既に他界した与謝野の堺の生家には、年老いた母親と弟の妻が残されていた。それを心配して里帰りした与謝野が、堺の生家から夫に宛てて手紙を書いた、という設定である。汽車の中でまだ幼い子どもがぐずってしまったことなど、堺までの長旅の苦労がつらつらと綴られていく。そして、その車中で開いた『太陽』に大町の与謝野に対する批判が掲載されていることに気付き、詩の真意が理解されていないことを嘆く、という筋立てになっている。つまり、公式の反論ではなく、大町への不満を漏らした夫への私信が、後から『明星』に公開されたという形を採っているのである。そして、その署名は「みだれ髪」であり、文体は言文一致ではなく擬古文調だった。つまり「ひらきぶみ」は、筆者が女性(—「公/私」における「私」側の存在としての)であることが意図的に強調されているのである。[5]

私が弟への手紙のはしに書きつけやり候歌、なになれば悪ろく候にや。この国に生れ候私は、私等は、この国を愛で候こと誰にか劣り候べき。物堅き家の両親は私に何をか教へ候ひし。堺の街にて亡き父ほど天子様を思ひ、御上の御用に自分を忘れし商家のあるじは無かりしに候。弟が宅へは手紙ださぬ心づよさにも、亡き父のおもかげ思はれ候。まして九つより栄花や源氏手にのみ致し候少女は、大きく成りてもます〳〵王朝の御代なつかしく、下様の下司ばり候ことのみ綴り候今時の読物をあさましと思ひ候ほどなれば、平民新聞とやらの人達の御議論などひと言ききて身ぶるひ致し候。さればとて少女と申す者誰も戦争《いくさ》ぎらひに候。御國のために止むを得ぬ事と承りて、さらばこのいくさ勝てと祈り、勝ちて早く済めと祈り、はた今の久しきわびすまひに、春以来君にめりやすのしやつ一枚買ひまゐらせたきも我慢して頂き居り候程のなかより、我等が及ぶだけのことをこのいくさにどれほど致しをり候か、……学校に入り歌俳句も作り候を許され候わが弟は、あのやうにしげ〳〵妻のこと母のこと身ごもり候児のこと、君と私との事ども案じこし候。かやうに人間の心もち候弟に、女の私、今の戦争唱歌にあり候やうなこと歌はれ候べきや。……歌は歌に候。歌よみならひ候からには、私どうぞ後の人に笑はれぬ、まことの心を歌ひおきたく候。6

与謝野はこのように記し、天皇を敬愛していること、自分の立場は「社会主義」とは関係が無いこと、国民としてやるべきことはやっていることなどをアピールする。その上で、自分は「少女」の立場で詩を詠んだのであり、「歌は歌」であって社会や政治の問題とは別次元のことだと言う。

こうした文章を『明星』に掲載したことは、おそらくは与謝野の一存によるものではなく、むしろ『明星』首脳部が判断した事態処理の方針に沿ったものだろう。その後、年が明けて一九〇五（明治三八）年一月、大町桂月はあらためて『太陽』に「詩歌の骨髄」と題した文章を発表し、「すめらみことは、戦ひに／おほみづからは出でまさね、」以下の一節を特に問題視して、「もしわれ皇室中心主義の眼を以て、晶子の詩を検すれば、乱臣なり、賊子なり、国家の刑罰を加ふべき罪人なりと絶叫せざるを得」[7]ないと批判した。これに対し、新詩社を代表する夫・寛と、『明星』同人の弁護士・平出修ほか一名は、大町の家を訪ねて直談判に及んだ。このときの談判は、同年二月の『明星』に「「詩歌の骨髄」とは何ぞや」（署名は「新詩社同人」）として掲載される。平出修は、後に大逆事件で幸徳秋水の弁護も務めた著名な弁護士である。「「詩歌の骨髄」とは何ぞや」は、寛・平出が大町の家に直接乗り込み、議論の記録を『明星』に掲載するという、まったく新詩社の土俵で行われた談判の記録である。そして、そこでは「ひらきぶみ」で張られた伏線が活かされている。

　たとえば談判中、大町桂月は次のような失言をする。興味深いのは、その失言に対する『明星』側の反論である。

答（大町桂月）　此詩は全体に云へば女の愚痴なり、ダダを捏ねたる姿なり。

問（「新詩社同人」）　果して然らば何等の危険無きにあらずや。愚痴や駄々ならば、つまり理性の錯《まじ》らぬ純粋の感情の声なり。それを解して時勢に反抗するとか、非帝室主義を謡ふとか非難するは誣妄も亦甚しからずや。[8]

「女の愚痴なり、ダダを捏ねたる姿なり」という大町の失言を引き出した寛と平出は、これを逆手に取り、女性の「愚痴や駄々」であるならば大騒ぎする必要は無いではないかと切り返している。その上で、「非帝室主義を謡へるもの」だと即断を下したことを追及すると、

答　或は詮索に過ぎたる点もありたらむ。（桂月氏いよ〳〵窮す。）[9]

と大町は答えている。当然、「桂月氏いよ〳〵窮す」は大町の言葉ではなく、新詩社側の主観的観察である。「ひらきぶみ」においては、まず与謝野が女性（―「私」的領域の存在）であるが故に、政治や社会といった「公」とは断絶していることが強調された。この伏線に従い、大町との直談判に及んだ『詩歌の骨髄」とは何ぞや」では、「私」的存在であるところの女流文学者・与謝野の作品を、「公」の担い手である男性知識人が真正面から受け止めることの愚が指摘されたのである。

さらに、「女の愚痴なり、ダダを捏ねたる姿なり」の失言を逆手に取った直後には、次のような問答がある。

問　詩の価値と、其詩が社会に及ぼす利害との区別は、之を認めらるるや。

答　勿論其区別は認めざる可らず。（桂月氏詩を知れるに似たり。）[10]

文学と社会の「区別は認めざる可らず」と回答した大町桂月を、今度は「詩を知れるに似たり」と新詩社側は評価してみせた。

「ひらきぶみ」から「『詩歌の骨髄』とは何ぞや」までの一連の流れで、この事件を『明星』首脳部がどのように処理しようとしたかは明白である。『明星』は与謝野の女性性を前面に押し出すことによって、「君死にたまふことなかれ」は「私」的領域にある女性の率直な心情の表現であり、それは単なる「文学」であって、政治や社会といった「公」の問題とは無関係である、「公」の担い手である男性知識人が真正面から受け止めて議論するようなものではない、という落とし所に無理やり持っていこうとしたのである。「『詩歌の骨髄』とは何ぞや」の末尾では、次のように『明星』側の立場が総括された。

想を構へたる祈りの吾等、筆を執りたる祈りの吾等、只吾等は吾等の生命の糧として文芸の趣味を味はひ、下根尚聊か解し得たりと信ずるものあり。情切にして感極まれば之を格に正して詩と呼び、理明に義詳かなれば之を文に顕して題と名づけ、其詩と其論と何れも心声の侭にして、敢て偽はらず、私かに以つて吾等の本領となす。吾等にして此本領を体して、克く歌ひ、克ふ論ずるを得ば、吾等の望は即ち足る。其世人に歓ばるゝと歓ばれざるとは、深く求むる処にあらざるなり。[11]

このように『明星』は、文学の「私」性を前面に押し出した上で、自分たちの希望は単に「心声」を表現することだけであり、「世人に歓ばるゝと歓ばれざるとは、深く求むる処にあらざるなり」と開き直ってみせた。

こうした事後処理の仕方に、与謝野自身が納得していたのかは分からない。また、与謝野寛・平出らとしても、本意ではない部分はあったかもしれない。とはいえ、結果として、自身が「公」における責任主体であること自体を否定したのは確かである。ではこの後、与謝野はどのように「社会評論家」になっていくのだろうか。

二、大逆事件と与謝野

「君死にたまふことなかれ」をめぐる一連の騒動において、与謝野は帝国主義国家・日本のジェンダー秩序を逆手に取ることで、みずからが「公」的な責任主体であること自体を否定し、論争そのものを回避しようとした。

次に検討するのは、一九一一（明治四四）年の大逆事件である。大逆事件では『明星』同人であった大石誠之助が連座し、幸徳秋水と共に処刑された。与謝野自身は大石と直接の面識が無かった。しかし、大石の文学上の師であった寛は、大石の身に起こった不幸を悲しんで詩を詠んでいる[12]。文学上の論争どころではなく、国家権力による直接的な暴力が、与謝野の身近なところで発生したのである。

大逆事件が起こった一九一一年とは、与謝野が明治末年の「煩悶」を克服する端緒を見出した年でもある。この年には、与謝野の第一評論集『一隅より』も刊行されている。『一隅より』の序文では、「もともと斯様な書物にしようと思つて書いたので無く、大抵新聞雑誌の依頼を受けて其時時に筆を執つた」[13]のだと刊行に至った経緯を簡潔に記している。しかし、その心境はこの序文が語る以上に複雑だった。第一章と重複するが、まず『一隅より』所収の「雨の半日」を引用したい。

自分の書いてゐる物の半分は労働に過ぎない。まだ心には沢山の余裕がある。其れがなさけなくてならぬ。少し落著いて自分に適した「心」の仕事をしようと思ふと、直ぐ後から後からと心にもない浅はかな書き物に追ひ掛けられ妨げられる。

安眠不足、脳病、六人の子供を生んだ疲労。自分は短命の相だと郷里の人相見も××さんも云つた。こんな心にも無い日送りで若死をするのかしら。

子供が無かつたら。せめて子供が一人か二人かだつたなら。いや、そんな事を思ふものでない。

子供に対する親の義務を感ずればこそ自分は心にも無い書き物に急がしい日送りもするのである。[14]

こうした「煩悶」の克服は、当然ながらスムーズに行われたものではない。

或人は今日の如き時代にあつては二重三重の生活をせねばならぬと云ふ。其意は仮面の生活をせよ、心ならぬ製作も衣食の為めに忍べと云ふのである。……併し自分の性情としては何うも仮面を被《かぶ》りにくい。心ならぬ仕事をするのが厭である。自分は此両三年この矛盾に人知れず悩んだ。

而して自分の今の心持では斯う考へて心の上の平衡を兎に角保たせて居る。……自動的に製作する場合は勿論のこと、他から需《もと》められて受身に成つて筆を執る時も自分の力量の許す限りを惜まずに出して、其れにも是にも相応の「我」と云ふ刻印を押して置かうと思ふ。純粋の叙情詩、それは自分の瞳の様な位置を占めて居るものであるけれども、夫れを主として世人の買ふ時代は遠い将来、自分の生きて居ない将来の事である。自分は手をも口をも足をも斉《ひと》しく充実したる自分の表示だとして時の人の縦覧に任す。自分の一切の述作に自分を偽つた物は一つも無いことを期する。述作のみならず、良人と棲むのも、子供を育てるのも、自分と関係を持つ一切の事は皆自分の実際生活の各範疇である。[15]

与謝野晶子という人間は「手をも口をも足をも斉《ひと》しく充実」した「実際生活」の中にこそ存在するのであり、家族のためにする「労働」も、少なくとも与謝野自身にとっては「自分の表示」である、生活のための文章を書く「自分」も「仮面」を被っているのではない、ありのままの「自分」なのだ、と与謝野は言う。

これは前章でも述べた、「相応の「我」」という名が付された「過程」としての自己である。与謝野はそのような自己を選択し、自己として認めた。しかし、選択という契機を含んでいる限り、そのような自己であることを自分に言い聞かせたと言う方がなお適切だろう。「つよきみこころ」を持つという虚妄の自己を選び取った上京後においても、与謝野は「大人らしく大人らしく」あるようにと自分を諭していた。「自分を偽つた物は一つも無いことを期する」とは、まさに「期する」という覚悟が伴うものである。そしてそれは、『明星』という公的秩序を喪失した上での、家族との「実際生活」という、いかにも「私」的「生活」に限定されたところに生じた責任意識だった。

「期する」と記したこの年の一月、与謝野は『太陽』に掲載された「婦人と思想」の中で、「我は世界人の一人であると共に、日本人の一人である」[16]という命題を示し、このことを日本女性の思想的発展のために考えなければならない問題だとした。この言葉が世に出た一九一一年の一月とは、大逆事件に判決が下り、刑が執行された月である。与謝野がこの言葉を記したとき、まだ大逆事件の帰結を知らなかっただろう。与謝野はなぜ、またどのような意味において、「日本人の一人」であることについて考えるのか。

大逆事件の刑執行の翌二月、与謝野は出産のため入院している。このときの出産は、最悪の場合に母子どちらの生命を優先するかと事前に医師から確認を求められる大変な難産だった。母子の生命を危険に晒したこの出産は、双子のうちの一人が死産するという結果になった。

出産前、母子どちらの生命を優先するかという医師の問い掛けに、与謝野は自分の生命を優先して欲しいと答えていた。出産後、その理由を次のように語っている。

もつと生き永らへて御国の為に微力を尽したいの、社会上の名誉が何うのと云ふ様な気楽な欲望からでは更更無い。つづまる所良人と既に生れて居る子供との為に今姑《しばら》く生きて居たいと言ふ理由に帰着する。此の切端詰つた場合の「自分」と言ふ物の内容は良人と子供とで総てである。[17]

みずから死の淵に立ち、また子供の生命の選択を要求されるという「切端詰つた」状況において、与謝野が選んだのは、子供ではなくみずからの生命だった。それは家族を扶養する必要からの判断だったとはいえ、与謝野は実際に一人の子供の生命が失われた出産後の病床で、自分を取り巻く様々な事物に対し、きわめて冷ややかな眼差しを向けていく。まずは自分が生きるという決断は、既に存在する家族の生命を繋ぐためのものであり、同時に新たな生命を切り捨てる罪を背負うものだった。これに比したとき、その軽薄さを嘲笑うべきは、「御国の為」や「社会上の名誉」などという「気楽な欲望」のために生きる人間たちである。

与謝野は産後の見舞いに来た友人たちの帰りを見送りながら、

わたしの友達が其れぞれ何う云ふ掩ひ物に身を鎧うて此病院の門から世間へ現れ「仮面」の生活を続

けて行くかと云ふ事は大抵想像が附く。どうせ軍人にならない人達だから祖国で重宝がられる訳には行くまい。わたしは斯んな事を考へて思はず独で微笑んだ。[18]

と皮肉な「微笑」を浮かべていた。この「「仮面」の生活」を強いる「祖国」というイメージは、大逆事件に深く根差したものだった。

与謝野が大逆事件をモチーフに詠んだ、次のような歌がある。

生きて復《また》かへらじと乗るわが車、刑場に似る病院の門。[19]

与謝野が自身の生命を危険に晒し、また子供の生命を選択した病院という場所は、生死の境に立つ他界への入り口である。この歌では、他界への入口としての病院を、幸徳や大石らが処刑された「刑場」に擬えている。

漸く産後の痛みが治つたので、うとうとと眠らうとして見たが、目を瞑《つぶ》ると種種の厭な幻覚に襲はれて、此正月に大逆罪で死刑になつた、自分の逢つた事もない、大石誠之助さんの柩などが枕許に並ぶ。目を開けると直ぐ消えて仕舞ふ。疲れ切つて居る体は眠くて堪らないけれど、強ひて目を瞑ると、死んだ赤ん坊らしいものが繊い指で頻に目蓋を剥かうとする。[20]

与謝野は産後の病床にあってこのような夢を見ていたと言う。大逆事件の犠牲となった大石誠之助と、生を享ける可能性を絶たれてしまった我が子は、いずれも他界への入口である「病院の門」の向こう側の存在だった。それに対して、まだ「病院の門」をくぐらない与謝野は、自由な思想的営為を許さずに「「仮面」の生活」を強いる、そして大逆事件において大石を殺した「祖国」に存在している。大逆事件と難産が重なったことは、「「仮面」の生活」を強いる「祖国」・日本において自分が生を営んでいるという皮肉な現状を与謝野に認識させたのである。

したがって、与謝野の「祖国」・日本に対する言及は、自分が否応なくそこに存在するらしい「祖国」なるものを、皮肉を込めて突き放すという結果になる。

従来公共的事業を経営せられる先輩の宣言を拝見して居ると、大抵「天下国家の為」と云ふ事を標榜せられ、商事会社を拵へるにも、一に経国済民の大思想から出発された様に見受けられますけれど、実際を見極めると反対に少数の先進の虚栄と私欲とを満す醜劣なる結果に終らない物は少い様に存ぜらるのは何う云ふ訳でせう。僭越な解釈ながら、従来の御老人方に真に自己を愛重する御心持が徹底して御領解になつて居ない故では有りますまいか。語《ことば》を換へて申せば「天下国家の為」と云ふ様な美名で世間体を装い、蔭では其美名に因つて私欲を営むのが、自己を愛重する最も賢い方法だと信じて居られるのでは無いでせうか。……即ち偽善的行為が多かつた様に見受けられました。私欲は人間の素性であり、人生を成立たせる主力である以上、全く自己を没して他人の為に力を致すと言ふ殉教犠牲の行為が出来るものでは決して有りません。[21]

与謝野は「天下国家の為」という発想を「偽善的」なものであり、「私欲」こそが「人間の素性」だと言う。そして、「良人と子供とで総て」という極めて「私」的な「実際生活」に根差した存在である与謝野は、残念ながら「祖国」の中で生きてはいるものの、しかし、「天下国家」を引き受けようとは思わないと突き放すのである。

与謝野は大逆事件に際して、「私」性を防壁として押し出すことで「公」としての大日本帝国を拒否した。唯一強大な「公」としてその暴力性を発揮する大日本帝国に対し、与謝野は「私」に閉じ籠もって冷笑的な態度を取っていたのである。

三、「私」的個人としての自己への確信

以上、一九〇四年の「君死にたまふことなかれ」から一九一一年の大逆事件までを辿ってきた。大日本帝国という所与の「公」を前提とした場合、与謝野は政治的な意味で主体たり得ていたとは言い難い。

しかし、たとえば第一章で述べたように、与謝野が「みだれ髪」で表現した自己とは、『明星』の女性同人から「つよきみこころ」を持つ「姉」と慕われていた『明星』誌上の虚妄の自己を実体化させたものだった。それは他でもなく、「この国のホーム」への憂いを共有する他の『明星』女性同人の期待に応えようとした結果だった。与謝野はそのために、本来は弱いはずの自己に「大人らしく」あるべきという孤独な覚悟を課していた。

また、明治末年の「煩悶」を克服した後は、「他から需《もと》められて受身に成つて筆を執る時も自分の力量の許す限りを惜まずに出して、其れにも是にも相応の「我」と云ふ刻印を押して置かうと思ふ」と書いて、

「私」における責任のためとはいえ、経済社会における関係性の中で筆を執る必要が生じた場合においても、そこに「我」という主体が存在すると考えようとした。

個人が責任主体として行動するとき、その行動する領域は、少なくともその個人にとっては、他者との関係性における自分の役割を引き受けるべき場所―公的秩序―であったはずである。与謝野は与謝野なりにイメージする公的秩序において、責任主体としての個人たらんとしていたのである。「「仮面」の生活」を強いる「祖国」としての大日本帝国が、与謝野にとって公的秩序となり得なかっただけのことである。

こうした思想的境地から、与謝野は洋の東西、日本と西洋との区別を必要としない人類普遍の理想を追い求めていた。その理想とは「文明」と言い換えてもよい[22]。しかし、ことみずからの問題となると「私は日本の女です。欧洲の貴女の様な教養を受けられる国には生まれてゐないのです」[23]と言うように、自嘲的な言葉を吐くこともあった。

しかし、その後の洋行体験は、「私」性に引き籠もった「公」への冷笑的態度を後退させることになる。夫・寛が渡欧したのは一九一一年一一月。パリに到着した寛からは、後を追って渡欧して来るよう度重なる便りが届いた。翌一九一二年五月、与謝野はウラジオストクからシベリア鉄道を利用し、一路パリを目指した。与謝野が西洋の地で見たものは、「欧洲」という一語では括ることのできない西洋社会の多様な表情だった。

自分が仏蘭西の婦人の姿に感服する一つは、流行を追ひながらも而も流行の中から自分の趣味を標準にして、自分の容色に調和した色彩や形を選んで用ひ、一概に盲従して居ない事である。……又感服した一つは、身に過ぎた華奢を欲しない倹素な性質の仏蘭西婦人は、概して費用の掛らぬ材料を用ひて、見た目に美しい結果を収めようとする用意が著しい。此点は京都の女と似通つた所がある。[24]

倫敦へ来て気の附く事は、街の上でも公園でも肉附の好い生生とした顔附の児供を沢山に見受ける事と、若い娘の多くが活発な姿勢で自由に外出して居る事とである。巴里では概して家の中に閉ぢ込めて置く所から、一般に娘児供が生白い顔をして如何にも弱弱し相である為め、自然仏蘭西人の前途まで心細く思はれぬでも無いが、英国の娘児供の伸伸と生立つて行くのを見ると、其家庭教育の開放的なのが想像せられると共に著しく心強い感がする。[25]

五日位の短い滞留の間に伯林から受けた表面の印象はミユンヘンやヰインに比べて反対に面白くないものであることを正直に述べて置く外はない。

市街の家屋が五階建に制限せられて居るのは、規則づくめな日本に慊らない自分達に取つて第一に窮屈で、また単調で、目の疲労を覚えた。

北独逸の人は男も女も牛の様に大きく肥つて一般に赤面をして居る。巴里や倫敦では自分達と同じ背丈の、小作な、きやしやな人間の方が多いのに、此処ではどの男も女も仰いで見ねばならない。断えず出会ふ人間から威圧を受ける気がする。

其れから、どの建築も、どの道路も、どの家具も、皆堂堂として大と堅牢と器械的の調整とを誇つて、其れが又自分達を不愉快に威圧する。仏蘭西風の軽快と洗練との美を全く欠いた点がやがて独逸文明の世界に重きをなす所以であらうが、自分達の様な体質や気質を持つた者には容易には親みにくい文明である。建築の外観の宏壮なのも、実は近寄つて見ると巨石を用ひた英仏の古い奥ゆかしい建築と異つて、概ね人造石で堅めてあるのでがつかりする。どの博物館も新式の建築術を用ひて間取や明り取りの設備には敬服させられるが、陳列品に自國の美術としては殆ど何物をも有つて居ないのは気の毒な程である。併し仏蘭西の印象派や最も新しい後期印象派の絵までが蔵められて居るのには感服した。

伯林の女は肥満した形が既に美でないのに、服装も姿態も仏蘭西の女を見た目には随分田舎臭いものである。

女の帽子尖の鞘を嵌めて居るのは、仏蘭西の女が長い針の尖を危険くむき出しにして居るのと異ふ。衛生思想が何事にも行亙つて居るのはさすがに独逸である。[26]

フランス、イギリス、ドイツ、オーストリアなどを巡りながら、与謝野はヨーロッパの各地域がそれぞれに異なる風俗を持つことを直接自分の目で確認し、それらを文章に記していった。「欧洲」と一口で言っても、各地域の風俗にはそれぞれに一長一短があり、一概に「欧洲」すべてが優れているわけではなかった。

自分は欧洲へ来て見て、初めて日本の女の美が世界に出して優勝の位置を占め得ることの有望な事を知つた。……外観に於て巴里の女と似通つた所のある日本の女が何が巴里の女に及び難いかと云へば、内心が依頼主義であつて、自ら進んで生活し、其生活を富まし且つ楽まうとする心掛を欠いて居る所から、作り花の様に生気を失つて居る事と、もう一つは、美に対する趣味の低いために化粧の下手なのとに原因して居るのでは無いか。[27]

実際に西欧社会を見聞したことにより、文明の先進・後進としての「欧洲／日本」というイメージは、与謝野の中である程度相対化された。では、そのことは、「社会評論家」となった与謝野にとってどのような意味があったのだろうか。もう少し与謝野の洋行体験を追っていこう。

洋行体験は、慌ただしく仕事に追われる東京での「実際生活」から与謝野をしばし解放した。落ち着いて自己省察する機会を得たわけである。しかし、ロダンとの面会を果たすなど充実した日々を送っていたものの、与謝野は自身が「思郷病」と呼ぶ、ホームシックの状態に陥ってしまう。

何事に附けても東京に残した子供の思ひ出されるのが自分の思郷病の主な現象であり又基礎となる物である。此ミユンヘンの宿で湯に入つて居て、ふと洗つて遣る子供等が傍に居ない事を思うて覚えず自分は泣くのであつた。我ながら随分辛抱強いと考へて居た自分が今では次第に堪へる力が無くなつて行く。[28]

このように語る与謝野は、結局、夫を残して予定より早く帰国する。滞在期間は一九一二年の五月から一〇月までの五か月間だった。近代日本の多くの思想家にとって、洋行体験がその思想形成に重要な意義を持ったことは論を俟たない。しかし、子供に会いたいといういかにも「私」的な理由のために、せっかくの洋行を早々と切り上げた人物も珍しいだろう。

さて、こうした経験は、与謝野の思想をどのように変化させたのか。前節で述べたように、与謝野は大逆事件に際して、確かに「良人と子供とで総て」であるという自己存在の内実を語っていたが、これは唯一絶対の「公」として暴力性を遺憾なく発揮する大日本帝国を拒否し、みずからを「私」的領域の存在と見なそうとしたものだった。その後の洋行体験によって、文明の先進地としての「欧洲」を相対化し、結果として「日本」を全否定することはなくなった。とはいえ、「文明」史観に基づいて「欧洲」と「日本」を対比することを、まったくやめてしまったわけでもなかった。そして、与謝野が早々に帰国する理由は、やはり子供に会うという「私」的なものだったのである。洋行体験がもたらしたのは、「文明」の後進地「日本」に対する一定の大らかさと、「私」的存在としての自己への確信だった。

一九一四（大正三）年の『東京朝日新聞』に掲載した「一年草」（後に「二人の女の対話」と改題）という長文の感想は、「第一の女」と「第二の女」という二人の女性が対話する形で綴られたものである。ここからうかがえるのは、与謝野の中で「第一の女」「第二の女」という二つの矛盾する見方が同居していることである。

第一の女　芸術に国境がない以上、今だつてあなたは世界の人として独立した思想を持つておいでになるぢやありませんか。

第二の女　それはあなたの様な境遇に居て芸術生活を営む人のことですよ。私の芸術は売らねばならない。買手を求めるからには勢ひ日本を余計に眼中に置くことになります。[29]

同文中において「第一の女」は、洋の東西を問わない人間世界の理想を口を酸っぱくして語る。これに対し「第二の女」は、「第一の女」の考えを肯定も否定もせず、それはあなたのような人が頑張ればよいのだと大らかに語る。そして、「第二の女」自身はというと「芸術は売らねばならない」がために「日本」に関心を払わずにはいられないと言うのである。

「第一の女」は、洋行以前の与謝野の認識そのままだと言うことができる。複雑なのは「第二の女」である。「第二の女」は「欧洲／日本」という対比をとりたてて否定するわけではない。また「売らねばならない」という実際上の都合により「芸術生活」を営むことができていない点で、やはり与謝野がかつて忌み嫌っていた「「仮面」の生活」を営む人間だった。そうした問題に対する「第一の女」と「第二の女」の違いは、認識の相違というよりも、単に態度の上での大らかさの違いである。では、与謝野の思想展開において、「第二の女」の登場にはどのような意味があるのか。それは即ち、洋行体験で得たもう一つの成果としての、「私」的な自己への確信である。

第二の女　……真実に強く鮮明に生きようとする哲人は、狂人になつたり飢ゑて死んだりするのも辞さないで俗衆と戦ふでせう。併し私には其れが出来ない。私は狂人になりたくない。私は自分の此卑怯を恥じて常に悶えて居るのですが、私の生と云ふものは、最早私一個の現実でなくて、私の家族までも包容して居る現実である以上、私は飽くまでも家族と共に生きて行かねばなりません。私の生の姿は家族に対する愛が全部だと云つてもいいのです。家族を別にして仮にも私自身と云ふ物を考へられない様になつて居ます。私は近年になつて犠牲と云ふ事が弱者の営む生活の一つの様式だと云ふことを知りました。私は私の肉の大部分―家族―を養ふために、私の肉の他の部分―狭い意味の私―を犠牲にして居るのです。母体を仔虫の餌に与へて死んで行く虫とは反対に、母体を仔虫に食はせながら生きて行かうとするのが私の犠牲的生活です。其れで私は自分の力で出来る仕事なら何でも働かうと思つて居ます。また現に働いて居る積りです。そして其れ故に私は自然余計に日本を眼中に置いて居ます。私の筆一本で働く仕事が果して日本を益するか何かは知りませんけれど、私は自分の仕事が日本の文明に多少でも何かの役に立つ物として提供し、其れを売つて、日本から受ける報酬に由つて家族と共に食べたり、衣たり、住んだり、思想したり、感じたり、学んだり働いたり、創作したりして、私の生活を微弱ながら前進させて居るのです。[30]

与謝野は大逆事件に際して、「良人と子供とで総て」であるという自己存在の内実を語っていた。それは、唯一絶対の「公」としてその暴力性を露わにする大日本帝国への拒否意識から、みずからを「私」的領域に囲い込もうとするものだった。しかし、洋行体験を経た与謝野は、「公」としての大日本帝国とは関係のない問題として、「私の生と云ふものは、最早私一個の現実でなくて、私の家族までも包容して居る現実」であることを発見したのである。

大日本帝国や「文明」の先進・後進とは無関係に「私」的個人として存在する自己を、与謝野は発見した。その「私」的個人としてのあり方を全うするためには、「日本」に関心を向ける必要があった。「日本から受ける報酬に由つて家族と共に食べたり、衣たり、住んだり、思想したり、感じたり、学んだり働いたり、創作したりして、私の生活を微弱ながら前進させて居る」のであるから、与謝野はその仕事をするためであれば「自分の力で出来る仕事なら何でも働かうと」すら考える。そこでは、「祖国」としての「日本」が「仮面」の生活」を強いるような国であるか否か、「文明」的な国であるか否か、といった問題は、さほど重要ではなかったのである。大日本帝国という唯一絶対の「公」に対する防波堤ではない、それ自体において価値を持つ、「私」的領域に生きる個人としての自己の発見は、結果として、唯一絶対の「公」を騙る大日本帝国に対する冷笑的な態度を後退させ、むしろ「私」的個人としてのあり方を全うするべく、「日本」と有意な関係性を築ければそれでよいという大らかな態度を生んだ。つまり、与謝野における「文明」や「ナショナルな」ものをめぐる思想は、その間さほどの深まりも、変化も無かったのである。深まりを見せたのは、「私」的個人としての自己への認識である。

与謝野は「実際生活」の必要から「私」的個人として言論活動を行い、「私」的個人としての自己への確信故に、「日本」の後進性を大らかに受け入れた。しかし、「第一の女」と「第二の女」という矛盾する人格が与謝野の中に存在していたように、与謝野は大日本帝国を公的秩序として承認し、その中における責任主体としての自己を見出したのではない。それ自体として存在する「私」的な個人として、唯一絶対の「公」を騙る大日本帝国と妥協したのである。そして、かつて『明星』がその役割を果たした与謝野にとっての公的秩序は、この時点においてまだ空位のままだった。

しかし、詩歌や言論活動とは、その目的が「私」の「実際生活」における経済的必要だったとしても、その内容は、何らかの抽象化された理念や価値を表現するものであるはずである。それにも拘らず、単なる「私」的個人として所与の「公」と妥協したまま、与謝野は何を語るのだろうか。「第二の女」として「日本」を大らかに受け入れた与謝野は、しかし、次第に「第一の女」としての顔を隠しきれなくなる。それは即ち、かつて形而下において理想の体現者となった浪漫主義者としての与謝野の顔だった。『明星』という公的秩序を失った与謝野の思想変遷は、この時点ではまだ安定した結末を迎えていない。前篇最終章となる次章では、「私」的個人としての自己を発見した与謝野の思想的帰結を、母性保護論争での言説から考察しよう。

註

1　この呼称は香内信子「社会評論家としての晶子」(『全集』第一七巻［月報］、一九八〇年)による。
2　中山和子「論ずる人　与謝野晶子」『国文学：解釈と鑑賞』七三‐九、二〇〇八年、三六〜三七頁。
3　与謝野「君死にたまふことなかれ(旅順の攻囲軍にある弟宗七を嘆きて)」『明星』一九〇四年九月(初題は「君死にたまふことと勿れ」)、『全集』第九巻、一五九頁。
4　大町桂月「雑評録」『太陽』第一〇巻第一三号、一九〇四年一〇月、一五七頁。
5　このことについては、関礼子「第一次『明星』誌上の与謝野晶子—リテラシーとジェンダーの観点を中心に」(『日本近代文学』六五、二〇〇一年)も参照。
6　与謝野(署名は「みだれ髪」)「ひらきぶみ」『明星』一九〇四年一一月、『全集』第一二巻、四六六〜四六七頁。
7　大町桂月「詩歌の骨髄」『太陽』第一一巻第一号、一九〇五年一月、一四二頁。
8　新詩社同人「『詩歌の骨髄』とは何ぞや」『明星』一九〇五年二月、一四頁。
9　同右。
10　同右。
11　同右、一九頁。
12　与謝野寛「誠之助の死」『三田文学』一九一一年四月。
13　与謝野『一隅より』金尾文淵堂、一九一一年、『全集』第一四巻、二頁。
14　与謝野「雨の半日」『早稲田文学』一九一〇年一一月、前掲『一隅より』所収、『全集』第一四巻、四〇〜四一頁。

15　与謝野「私の文学的生活」『女子文壇』一九一二年一月（初題は「自分の文学的生活」）、『雑記帳』（金尾文淵堂、一九一五年）所収、『全集』第一四巻、三五五〜三五六頁。
16　与謝野「婦人と思想」『太陽』一九一一年一月、前掲『一隅より』所収、『全集』第一四巻、一八頁。
17　与謝野「産褥の記」『女学世界』一九一一年四月（初題は「雑記帳―産褥での雑感」）、前掲『一隅より』所収、『全集』第一四巻、九五頁。
18　同右、九一頁。
19　同右、九四頁。歌の初出は『万朝報』一九一一年三月四日、『青海波』（有朋館、一九一二年）所収。
20　同右、九七〜九八頁。
21　与謝野「老先輩の自覚」、初出不明、前掲『一隅より』所収、『全集』第一四巻、一五四〜一五五頁。
22　ひろたまさき氏は、与謝野が「西洋文明世界の中で日本女性が「文明婦人」として優等生になる」ことを期待していたと論じている（「近代エリート女性のアイデンティティと国家」、脇田晴子、S・B・ハンレー編『ジェンダーの日本史（下）』東京大学出版会、一九九四年、二二六頁）。
23　与謝野「歌を詠む心持」、初出不明、前掲『一隅より』所収、『全集』第一四巻、七七頁。
24　与謝野「巴里の旅窓より」『婦人画報』一九一二年九月（初題は「欧洲より（二）」）、『巴里より』（金尾文淵堂、一九一四年）所収、『全集』第二〇巻、五四二頁。
25　与謝野「倫敦より」『東京朝日新聞』一九一二年七月二六・二八・三一日、前掲『巴里より』所収、『全集』第二〇巻、五五四頁。
26　与謝野「伯林の一瞥」、初出不明、前掲『巴里より』所収、『全集』第二〇巻、五八三〜五八四頁。
27　前掲「巴里の旅窓より」、『全集』第二〇巻、五四三頁。
28　与謝野「ミユンヘン」『婦人画報』一九一二年一一月一〜四日（初題は「ミユンヘンより」）、前掲『巴里より』所収、『全集』第二〇巻、五七八〜五七九頁。
29　与謝野「二人の女の対話」『東京朝日新聞』一九一四年一一月四〜六・八・一一・一三・一五〜六・一八・二〇〜二一・二五・二八日（初題は「一年草」）、『全集』第一四巻、四一三頁。
30　同右、四一九頁。

第三章　個人の倫理的独立—母性保護論争再考

洋行体験を経た与謝野は、それ自体において価値を持つ「私」的個人としての自己を確立した。しかし、その自己に見合った公的秩序は見出せず、唯一絶対の「公」を自称する大日本帝国とは、妥協的な関係を構築するにとどまっていた。そして、時代は第一次世界大戦を迎える。

第一次世界大戦から始まった総力戦という戦争形態が、国家総力の総動員を可能とするべく、国民生活のあらゆる方面に政策の網の目が広がっていく契機となったことは、今更論じるまでも無い。それは、福祉的な方面も含めて、従来には見られなかった国民生活全般への関心を国家に持たせることになった。大戦を契機とする国家の再編が始まる時代である。この第三章で扱う母性保護論争もまた、そうした歴史的文脈において論じられるべきものである。

母性保護論争とは、一九一八（大正七）年に与謝野と平塚、後に山田わか、山川菊栄などが加わった、母性保護を国庫にて行うことの是非をめぐる論争である[1]。女性は国家に頼らず「経済的独立」を果たすべきと頑なに主張した与謝野に対し、平塚は国庫負担による保護を主張、両者の議論は尽きず、山川が社会主義的な見地から資本主義的な社会構造が根本的な問題であることを論じて収束した、というのがおおよその経緯である。与謝野が主張した「経済的独立」論は、極端な自助努力主義であって個人を理想視し過ぎている、実現性に乏しくかえって女性を困難に追い込むものである、といった批判を受けた。たとえば山川菊栄は、「与謝野氏だけの天分と精力とを与へられなかつた婦人が、家事に忙殺されて他に職業をもち得ないことも許さるべき」とした上で、与謝野の議論は「中流階級以上の婦人に対する好個の刺戟剤」ではあるものの、結局は資本主義社会に棹さす「ブルジョアジーに出発してブルジョアジーに終つて居る」議論だと批判している[2]。

しかし、本書の関心は、与謝野が主張した「経済的独立」が、当時の社会において実現性のある考え方だったのか、婦人問題に関する言説として優れたものだったのか、ということではない。洋行体験を経た与謝野は、時事問題に関する文筆活動を行いながら、自身が属する国家の「文明」が後進的であることには妥協していた。そのことは当然、浪漫主義者としての自己のあり方との間で矛盾を来すこととなる。「私」的な個人でありながら、同時に浪漫主義的理想を追い求める永遠の「過程」でもある与謝野は、やがて自身の自己のあり方に基づいた、自己のあり方と矛盾の生じない、新たな公的秩序を模索することとなる。

一、国家なるものの功罪

戦争〔―第一次世界大戦〕の影響が時時刻刻最も具体的な苦痛を齎して第三階級にある我我の家庭に肉薄するやうになつた。日一日と物価の暴騰することである。……平時に於てさへ其第一必要品の資だけを得ることが困難であつたのに、戦時に入つて以来其第一必要品の代価が頻りに騰貴して行くために、我我の労働は到底其れと並行することが出来なくなつて来た。我我の労働には限りがあり、其れに対して支払はれる所は一割や二割を増額されるにしても、物価の騰貴は五割、十割、二三十割にも及んで居るのである。到底収支相償ふ見込みが立たない。……私が今夜此一文を書いて居る時、良人も、私も、四男の四歳になるアウギユストも流行感冒に罹つて発熱して居る。……私はアスピリンを頓服したくてならない。併し何時か一オンス三十幾銭かで買つて置いた舶来のアスピリンは今朝良人とアウギユストが服用したので無くなつてしまつた。或人から聞いたのでは一オンスのアスピリンが十日前の値段で参円七拾銭した相である。十倍の暴騰である。参円七十銭であれば中学に居る長男の靴が一足買はれる。―靴もまた五割の暴騰である―其れを若し食用に用ひれば私達の一家拾一人の口を四日間糊することが出来る。若し之を以て将に生れようとして居る赤子のために必要な衣類を作るなら最下等のメリンスの綿入を二枚新調することができる。―メリンスもまた四五割の暴騰である。……

着眼は一転せられねばならない。方法は更に選ばれねばならない。さうして其れは最早私達個人の力だけではどうも出来ないことである。また第三階級にあつて其日の衣食に追はれて居る私達の力だけをどれだけ集めても不可能なことである。[3]

家族との「実際生活」を生きる「私」的な個人としての自己を発見した与謝野は、第一次世界大戦下の経済的混乱について、このような感想を抱いていた。この一文が記された時点で、与謝野は四男五女の母だった。「「仮面」の生活」を憂えた明治末年から、さらに家族は増えた。この大家族の暮らしを守るにあたり、大戦がもたらした物価高騰は「最早私たち個人の力だけではどうも出来ない」レベルに達していた。

この頃の与謝野は、「米以下の第一必要品に限り小売商は一割以上の利益を課してはならないと云ふ法律を作つて欲しい」[4]、「米其他の穀物、野菜、魚類、獣肉と云ふやうな食料品は、出来るだけ価格を公定して欲しい」[5]と言うように、国家権力による具体的な社会の調整機能に期待を持つようになっていた。

国家権力に期待されたのは物価の調整だけではない。一九一七（大正六）年九月に関東を中心に発生した暴風雨では千人を越える死者行方不明者が出たが、与謝野がこれに関して「此度の風水害に附け込んで法外な暴利を貪ぼる所の謂ゆる奸商に対して、政府が臨機の処罰令を公布して制裁と予防とに力めて居ることは、寺内氏の内閣が為した唯一の善行だ」[6]と語ったのは、災害時の混乱に際しての国家権力の効能に対する評価と言ってよいだろう。また、スペイン風邪が世界的に大流行した一九一八年には、「学校が児童の病気の交換所とならない為めには、伝染病室と同じ設備をして、少くも毎日一度は前述のやうな消毒を施すべきものであり、また専属の校医と看護婦とを詰め切らせて、毎日一度は児童の健康診断を行ふべき」で、その費用は「特に国庫から支出して宜しいでせう」とも言っている[7]。与謝野は経済循環や衛生環境の護持、弱者救済に資する社会調整機能として、国家権力の役割を認めていたのである。

しかし一方で、大逆事件の経験などから、権力体としての国家に対する否定的な感覚を持っていたことも事実である。そもそも与謝野に調整機関としての国家の意義を発見させたのは、他でもない国家が行う戦争と、それがもたらした経済的不安なのである。

わたしは戦争を出来るだけ避けたい。人間の生活意志を抑圧すること戦争より甚しいものは無いからである。

日本人は政府も国民も何事かあれば外国に対して剣を抜きたがる。其れに反対する者が僅に学者芸術家の中の更に其一部に過ぎないのはなさけない。

戦争ばかりが強くて、何事も戦争のみで解決を附けようとするのは、日本が戦争以外の万事に向つて弱いと云ふ証明である。[8]

と言うように、「生活」の問題の深刻化は、国家権力の功罪双方を与謝野に認めさせた。このことは、「君死にたまふことなかれ」や大逆事件時における与謝野の「私」性を考えた場合、やはり一つの変化だと言うことができる。その結果導き出された、個人と国家の関係とは、およそ次のようなものだった。

私達は国家主義―人間の生活目的を国家の繁栄と維持とに制限し、個人の権威を国家の権威の下に圧迫し、個人を国家の奴隷とする主義―には反対するが、国家を愛することに於ては何人にも譲らない。私達は国家を愛する。唯だ国家主義者と異る所は国家に盲従しないことである。私達は国家の意義を改造する。国家を私達の最高の理想に合せしめる。私達が国家を建設し支持する。私達と国家とは一体である。私達が国家を愛するのは私達自身の生活を愛するのである。……

私達は国家を大磐石の上に建設する。私達の最高最善の理想たる人道主義及び人類主義の中に建設する。かくして私達は最も深く、最も大きく、且つ最も合理的に国家を愛するのである。

国家主義の上に築かれた国家は、個人と衝突すると共に他の国家と衝突する。即ち戦争の予想される不安定な国家である。低級な国家である。[9]

このように与謝野は、「生活」のためにこそ、主体的に国家を形成する国民たることの必要を自覚するのである。

「国家に盲従」するのではなく、むしろみずから「最高最善の理想たる人道主義及び人類主義の中に建設する」限りにおいて、与謝野は「国家を愛する」のだと言う。第一次大戦下の「生活」問題は、主体的な国民による国家の建設という、ある意味で極めて素朴なナショナリズムを与謝野に与えたのである。

かくして期待されるのは、まず何よりも個人の主体性だった。

> 食料の廉売と云ふやうな事は既に述べた如く一時的の慈善行為です。目前の急を救ふ事が出来れば廃止すべき性質のものです。かう云ふ風な変態的の慈善を常に行つては人類を惰弱にします。その代りに、今度の食料騒動が爆発したやうな程度にまで物質生活を窮迫せしめない為めに、物資の供給を流動自在に整理し、必要品の価格を公定して、民衆大多数の生活を安定にする、種種の常設的公立機関が必要になります。[10]

「慈善」にばかり頼ることは、かえって「人類を惰弱」にすると言う。そして、その代わりに求められるのは、一時的な「慈善」ではなく恒久的な社会制度だった。先の議論と照応すれば、「慈善」には救済される側の主体性は無いが、「最も深く、最も大きく、且つ最も合理的に国家を愛」した結果として作り出された社会制度であれば、そこには国民としての主体性が認められるということになろう。

国家権力が行う戦争と「生活」救済の必要は、結果として、主体的な個人の確立と、手段としての国家権力の運用という、「国家・国民」関係における近代個人主義の典型例とも言えるような考えを与謝野にもたらした。ここで重要であるのは、与謝野が極めて素朴に国民の主体性に期待したことと、その結果としての福祉政策であれば、一概に拒否するわけではなかったということである。それを踏まえ、次節では「経済的独立」の意味を与謝野の言葉に基づいて具体的に検証したい。

二、経済関係における倫理

結論を先取りして言えば、母性保護論争における与謝野の「経済的独立」の主張は、今日的な意味で言うような自助努力主義ではなかった。与謝野が主張する「経済的独立」は、同時代に為された批判から今日の諸研究まで殆ど例外なく、衣食住や子供の養育に必要な金銭のすべてを自分一人の労働報酬によって賄う、という字面通りに理解されてきた。しかし、前節で述べたように、与謝野は福祉一切を否定していたわけではなかった。そこで、この字面通りの解釈を疑ってみるところから検討を始めたい。

与謝野の言葉を辿っていくと、「労働」という概念に対しておよそ今日一般的なそれとは異なるイメージを持っていたことを窺わせるものが散見される。与謝野は「経済的独立」を実現した女性の具体例として、「平安朝の才女たち」[11]や、「親より家産を子女に平分せられ生活の保障を得て居た」[12]徳川時代以前の女性を挙げている。紫式部や清少納言は「経済上の独立を人並すぐれて得て居た」[13]と言うのである。

与謝野自身、「婦人の職業問題を以て、唯だ物質的の福利に女が独立して生きると云ふ意味に解する人があるなら間違である」[14]と述べるなど、その意図するところを時折説明している。

此問題〔―「経済思想の徹底」〕には特に現代の倫理的意識と照応して考察する必要があります。人が衣食住の物質的生活より其れ以上の精神的生活を個人的及び団体的に建てる為めに要するだけの金銭を自己の労働に依つて収得し、其れの欠乏の為めに自ら苦しまないやう、且つ社会に迷惑を掛けないやうにすること―謂ゆる経済上の独立を得ること―は現代に必要な倫理的行為です。[15]

これまでの婦人の常識は、経済を非常に狭く且つ浅く考へて居ました。或人は金銭を利得することだと思ひ、或人は金銭や物品を浪費しないことだと思ひ、或人は金銭や物品を貯蓄することだと思つて居ました。之は何れも経済に対する一面の考察に過ぎないものだと思ひます。……

婦人が職業に由つて衣食することを、あさはかに唯だ衣食の生活のためだと考へては間違ひです。心的若くは体的の労働を以て人間が相互に扶助し合ふことは、人間が個人として真に独立して生きて居ることであることを知らねばなりません。[16]

与謝野は、「経済的独立」を単に衣食住の問題に限るのは、「人が物質に服従」することだと退ける[17]。与謝野が考える「経済」活動とは、個人の内面から「精神的」価値を創出することであり、それは極めて「倫理的」な問題だった。そして、「経済」活動における「倫理」が確保された場合、「相互に扶助し合ふこと」と「個人として真に独立して生きて居ること」は同義だと言うのである。

財力が加はらないで世の中に何が創造されるのですか、財力を卑《いや》しい物のやうに思ふのは財力もまた人間の力の発揮された物だと云ふ自明の理を閑却《かんきやく》して居るからです。私はロダンの芸術の偉大なのは、仏蘭西人の心強い生活が背景となつてロダンの天才を生んだからだと思つて居ます。[18]

私は心的にも体的にも労働せず、専ら金利に由つて座食して居る上中流の階級をトルストイ翁のやうに冷酷に批評しようとは思はない。上中流の人人も大多数は自ら好んで其様な他人の労働を偸む位地を択んだので無く、我我の大多数が労働を生命とする第三階級に置かれたやうに偶然に金利を生命とする階級に置かれたのである。其金利の内から自分一家の生活費を差引き、其余りをあらゆる公益事業に一切還付するだけの愛と聡明と勇気とがあるなら、第一第二の階級の存在に初めて理由と光明とを生ずるものである。其金利の内から差引かれた一家の生活費に就いても国民は其愛と聡明と勇気に対する報酬として寛容するであらう。其れは物質を精神化する善行である。[19]

与謝野は「物質的」な富とは、それ自体において善し悪しが決定されるものではないと言う。「物質的」な富がそれ自体として悪いということになれば、富を運用する個人の「精神」が「物質」に服従することになるからである。したがって、「物質的」な富とは「精神的」な価値に基づいて運用されればよい。「平安時代の才女」やロダンが、「物質的」な富がもたらす余裕を力にして芸術を創造したこともこれにあたる。芸術家でなくても「物質的」な富を「精神的」に運用することは可能だった。与謝野は有産階級を「人類共有の財産を人類のために保管している」[20]とした上で、たとえば女子教育については次のように有産階級の貢献を求めている。

有産階級の富が其一身一家の私福の為にのみ消費さるべきもので無いと云ふ真理を肯定する有産者であるなら、その一身一家の持続と発展に必要な程度を超えて有り余つて居る富其物の中に、自らかう云ふ人材の保護にも貢献せねばならぬ倫理的義務の備はつて居ることを良心的に実感されるでせう。[21]

与謝野が考える「富其物」とは、「倫理的義務」が付随したものである。したがって、それは「物質的」にではなく、「精神的」に運用されなければならない。紫式部やロダンといった芸術家も、芸術という自身固有の才覚に適した方法で「富其物」を「精神的」価値へと転化させる「倫理的義務」を果たしたということになろう。それゆえに、物質的な富を持てる「上中流階級」(―具体的には、矯風会、愛国婦人会などの婦人団体を指しているが[22])の人々もまた、「人類の幸福を増進し、不幸を救ふ」べく、その富を活用して貧困者を救済するための実際的な事業を行うはずだと与謝野は考えたのである[23]。こうした議論の中でアメリカの実業家アンドリュー・カーネギーが例として挙げられている[24]ことなどから、与謝野がイメージしているのは、たとえば今日で言うところの寄付文化のようなものも含んでいる。

以上から、与謝野が主張した「経済的独立」とは、誰の世話にもならずに独立した生計を立てるという意味ではない。前節でも述べたように、与謝野は国家権力の福祉的機能をむしろ評価していた。そこで重要視されていたのは、国家権力を運用する国民の主体性だった。「慈善」による一方的な保護が「人類を惰弱」化してしまうと危惧されたことから、必要な社会的施策はときに国家―主体的な国民によって運営される―によって定められる制度であるべきだと与謝野は考えた。この国民の主体性という問題は、第一次世界大戦下という時代にあって、「軍国主義」的状況に流されないためにも、注意深く考えなければならない問題だったのである[25]。その上で、与謝野は国家権力が介在しないところで、人々が「倫理的義務」を果たし、富を「精神的」に運用することによって「相互扶助」を実現することの重要性を感じていた[26]。与謝野が考える「経済的独立」も、その「相互扶助」的な社会で役割を果たす主体的構成員たるべしという主張だったのである[27]。

三、人間への倫理的信頼と浪漫主義精神

（一）浪漫主義への回帰

かくして与謝野が第一次世界大戦下で考えていたのは、きわめて理想的な市民社会と、そのもとで「軍国主義」ではなく国民の「生活」のために運営される—「最高最善の理想たる人道主義及び人類主義の中に建設」される—国家の実現だった。そこで何よりも重要な課題となったのは、人々の「倫理的」な主体性だったのである。そして、「経済的独立」の主張も、単なる自助努力主義ではなく、「相互扶助」を実現するための個人における「倫理的」な実践だった。深刻な物質的不安の中で、与謝野は一面においては国家の福祉政策にも期待しつつ、同時に人々が「倫理的」であることを信じ、そこから生み出されるであろう「相互扶助」に期待することが第一だと考えた。この発想は、数年のうちに米価が二倍以上に騰貴した当時の現実からすれば、些か楽天的な議論という感は否めない。その点で、やはり現実性に欠けるという批判は依然として回避できていないのかもしれない。では、なぜ与謝野はかくも楽天的だったのだろうか。

前章で述べたように、与謝野は一九一二（明治四五）年に洋行を経験した。与謝野の洋行経験の第一の意義は、「私」的な個人としての自己を確立したことだった。帰国した与謝野は、「良人と子供とで総て」とい

う自己認識を語っていた。そして、「良人と子供とで総て」という「私」的な個人としての責任を全うするために、非「文明」的な「日本」に対して妥協してもよいと考えた。しかし、それは単なる妥協であって、個人と国家の関係についての前向きな展望があったわけではなかった。

第二の女　……音楽家で云へば公衆を眼中に置かずに一人で弾《ひ》いて一人で楽む妙悦の余裕がある筈です。私の生活には其れがありません。却て私の芸術は他から注文を受けて書く場合が多いから、勢ひ公衆を余計に眼中に置きます。さうすると、固《もと》より心にない事は書かないにしても、世間の思はくを考へて云ひたい事を七八分で止めて置き、熱を抑へて微温な物にして出すことになるのですよ。自我中心の独立生活を枉げて社会中心の妥協生活に降参するのでなくて何んでせう。[28]

帰国後の一九一四（大正三）年には、「第二の女」としての与謝野は、自身が「妥協生活」にあることを素直に認め、「わたしは厭な顔をせずに「私の生活は物質そのものだ」と答へます」[29]とまで言っていた。しかし、先に述べたように、与謝野が言う「経済的独立」の「独立」とは、「物質」に対する「精神」の「独立」の意味だった。つまり、「私の生活は物質そのものだ」と考えた一九一四年から、母性保護論争が行われた一九一八年の間に、もう一度精神性に回帰しようとする思想的変化が生じていたのである。

そもそも与謝野は、その第一歌集『みだれ髪』（一九〇一）によって鮮烈なデビューを飾った『明星』流浪漫主義の寵児だった。その頃の与謝野の浪漫主義精神とは、彼岸の理想を此岸から憧憬する島崎藤村的な浪漫主義精神とは異なり、彼岸の理想に実際に渡河してしまおうとする強靭なナルシシズムを持っていた。また、明治末年の「煩悶」を経た後の与謝野の自己認識とは、理想へ到る「過程」としての自己だった。現状においては決して理想的とは言えないが、少なくとも理想に到達すべく絶えず自己変革をする「過程」で生み出された作物ならば、「相応の「我」」の所産として認めようと考えた。与謝野は常に何かしらの形で自己を人類世界の理想と接続し、そのことで自己肯定を貫こうとしていたのである。

しかし、洋行後に確立された「私」的個人としての自己は、それ自体、理想へ到る「過程」であることと矛盾しないかもしれないが、実質的には非「文明」的な「日本」への妥協をもたらした。与謝野自身も「私の生活は物質そのものだ」と言うようになった。とはいえ、その一方では次のような歌も詠んでいる。

わがあるは遥かに下の世界ぞと澄める月夜に思ひけるかな[30]

かつて人類世界の理想をそのままに体現していたはずの与謝野は、いつしか「遥かに下の世界」から茫洋と「月」を見上げるようになっていた。ここに、時の流れと自身の変化に詠嘆する与謝野の心の影を認めることは可能だろう。「私の生活は物質そのものだ」と言い切ったものの、茫洋と「澄める月夜」を見上げるより他にない自身を憂える内なる声をかき消すことは出来なかったのである。「第一の女」と「第二の女」の決着は、まだついていなかった。

大戦が始まると、「ロダン翁は平気でモデルを相手に下図《デッサン》を試みて居るであらう」[31]と洋行時に面会を果たしたロダン—まさに人類世界の理想の表現者—が時流に超然としている様を思い浮かべつつ、与謝野は「永遠の中」を生きる芸術家の姿に羨望の眼差しを向ける。

学者は永遠の中に住んで居る。現代に住んで現代を超越して居るのが学者の境地である。芸術家もまた同様の境地に居る永遠の子である。……

学者や芸術家は其純粋を保たうとする程、恐らく局限せられた実際社会の改造に指を染めてはなるまい。……現代のために永遠を犠牲にしてはならない。[32]

このように学者や芸術家を考えるならば、与謝野はまさに「現代のために永遠を犠牲にし」ており、人類世界の理想とは隔絶した、「物質」に堕した存在であった。かくして与謝野はもう一度、人類世界の理想へと繋がる自己を取り戻そうとし始めるのである。

そのとき与謝野が思い起こしたと思われるのが、洋行の際に訪れたフランスの大通りで無数の人々や車が行き交う様子だった。与謝野はこれを「エトワアルの広場」と題した詩で表現しているが、その初出が洋行直後ではなく、大戦が勃発した後の一九一五年五月であったことは注目すべきである。与謝野はこのとき、もう一度「エトワアルの広場」を思い出さなければならなかったのだ。


おお、此処は偉大なエトワアルの広場………／わたしは思はずじつと立ち竦む。　わたしは思つた、――／これで自分は此処へ二度来る。／この前来た時は／いろんな車に轢き殺され相で、／怖くて、／広場を横断する勇気が無かつた。／……　真直に広場を横断するには／縦横に絶間無く馳せちがふ／速度の速い、いろんな車が怖くてならぬ。／広場へ出るが最期／二三歩で／轢き倒されて傷をするか、／轢き殺されてしまふかするであらう……　この時、わたしに、突然、／何んとも言ひやうのない／叡智と威力とが内から湧いて、／わたしの全身を生きた鋼鉄の人にした。／そして日傘《パラソル》と嚢《サック》とを提げたわたしは／決然として馬車、自動車、／乗合馬車、乗合自動車の渦の中を真直に横ぎり、／あわてず、走らず、／逡巡せずに進んだ。／それは仏蘭西の男女の歩るくが如くに歩るいたのであつた。／そして、わたしは、／わたしが斯うして悠悠と歩るけば、／速度の疾いいろんな怖ろしい車が／却つて、わたしの左右に／わたしを愛して停まるものであることを知つた。[33]

与謝野は西洋の都市を歩いた際の感動を、次のようにも語っている。

私はピカデリイやグラン・ブルヴアルの繁華な大通で、倫敦人《ろんどんじん》や巴里人《ぱりいじん》の車馬と群衆とが少しの喧囂《けんがう》も少しの衝突もせずに軽快な行進を続けて行くのを観て驚かずに居られなかつた。そして自由に歩む者は聡明な律を各自に案出して歩んで行くものであると云ふことを知つた。……私は自分の建てた自分のための倫理を尊重すると同時に、他の個人の建てた倫理を尊重したい。そして其れがお互に自由と聡明とを備へた実行の律でありたい。[34]

「エトワアルの広場」を行き交う人々や車がそうであるように、人々は皆それぞれ異なった「律」（―「倫理」）によって、それぞれに動きまわっている。しかし、だからといってそれで衝突や喧噪が起こることはないのである。「決然」とその中に一歩を踏み出し、みずからの内なる「律」に従って進めば、不思議と他者の「律」と共鳴して皆が「軽快な行進を続けて行く」のである。「文明」の先進地での体験は、皆それぞれ異なる「自由と聡明とを備へた実行の律」は自然と相互尊重し合うものだという発見と感動を与謝野に与えた。

この鮮やかな発見は、『明星』流浪漫主義の寵児たる与謝野らしい卓抜した審美力の所産と言うべきだろう。そして、前節で述べた「相互に扶助しあうこと」と「個人として真に独立して生きて居ること」は同義になり得るという与謝野の確信を生み出したのも、この発見であると考えられる。

(二) 日常の中に見出される全人類的倫理

こうしたことから、与謝野は人間が「倫理的」であること、価値判断において主体的たり得ることを信じてよいと考えた。より正確に言えば、信じてよいのだという前提のもとに「決然」と一歩を踏み出してみるべきだと考えたのである。

このとき与謝野の文筆活動の目的は、人間が「倫理的」であることを信じてよいのだ、という前提を喧伝し、「叡智と威力とが内から湧いて」くるように人々を鼓舞することになるだろう。与謝野は浪漫主義者としての自己を、かつてとは異なる表現形式ではあれ、取り戻そうとしていった。

一体に私は近頃、あらゆる問題と事実とに就て概して楽観的に考へないでは居られなくなりました。世界はその一部を注視すると、勿論杞憂され悲観される事実も混《まじ》つて居りますが、大局を見れば着着として善い方向へ進化を続けて居ると思ひます。兎角人間の習慣として悪い事実には目が集まり、其善い事実にはその量の多いのに慣れて看過してしまふので、実際は少しの悪い事実も新聞の評判などから大きな印象を与へ、善い事実は沢山にあつても却て小さい印象しか留めないと云ふ風があります。公平に評価を下さうとする人は此習慣を超越して物事の真実の相を直接に観察せねばなりません。此度の大戦争にしても時代錯誤の最大逆潮として最も怖ろしい悪行《あくぎやう》に違ひありませんが、私は、之に促進せられて、戦争と反対な方向へ人類の生活を飛躍させる最大善の順潮がもう既に一方に動いて居ると考へずには居られないのです。[35]

与謝野はこのように語り、戦争や物価高騰などの不安に苛まれる中で、敢えて人類世界の明るい未来を感じさせる出来事を積極的に発見し、それを人間が「倫理的」であることを信じてよい根拠として人々に伝えようとした。たとえば、「大阪の故塩見氏が遺言して理化学研究所の設立に百万円を寄附されたり、東京でも現に同じやうな研究所の計画が富豪の間にあつたりすることを見て、其暴富が良好に運用される一例として私は嬉しく感じて居る」[36]こと、「神戸大阪辺りに在つて、戦争のために俄かに巨万の富を成した人達の間に、女学校、化学研究所、徒弟学校、美術院といふ風の公共事業を独力で経営する新計画が起つて居る」[37]こと、「東京の山下亀三郎氏が飛行機の為に百万円を政府に寄附される事や、横浜の増田嘉兵衛氏が労働者の衛生と慰安とを目的とする無料公設浴場の建築費として三万五千円を神奈川県へ寄附されたこと」[38]など、「物質的」に富める者が「精神的」価値を創出した事例について、与謝野は時には固有名を挙げて詳しく紹介し、「人類の名を以て感謝すべき善行だと思います」[39]と称賛した。二つ目の事例を挙げた際には、「それが新しい富豪の道楽であらうとも、名誉心のためであらうとも、人類のために善を促し、愛を生み、福を積む所のもの」であればよいとして、「貨殖のことにたづさはつて居る人達の意志の行為がすべて道楽気と名誉心とを離れて存在しないやうに思ふのは、読書人または操觚者流のさもしい臆断」だとも言っている[40]。大逆事件に際して、天下国家の事業携わる人々の「偽善」性を嫌っていた姿勢は、ここではまったく後退している。

「生活」に関する事柄であれば、与謝野は次のような事例を紹介している。それは、ある人間が「倫理的」であることが、周囲の人間を「倫理的」に変えていく事例であり、その出来事は、母性保護論争と同じく一九一八年のことだった。「倫理」の環のきっかけは、物価が高騰する中である「特志個人」が始めた食料品の廉売市である。

私の麹町区の宅から濠一つ隔てた牛込区の神楽坂上にある毘沙門の境内で、前後四回ほど某氏と云ふ特志個人の廉売市がありましたが、それに激励された附近の八百政と云ふ野菜小売商は、特志個人の廉売市が臨時的間歇的に偶々日を定めて開かれる上に、その売られる野菜の種目が狭く制限せられて居るのに対して、之は常設的に毎日大安売の店を開いて、あらゆる八百屋物を売る新例を初めました。さうして、その売品の質も量も一般の廉価市の物よりは優つて居て、その価格も廉売市のよりは更に廉いのです。勿論専門の八百屋が売るのですから、どの品も美しく洗はれて居て、廉く売つて貰つたがために台所の流しを土だらけにせねばならないと云ふ憂がありません。私は隔日ぐらゐに現金買ひをして居ますが、いつも其店は廉売市以上に顧客で一ぱいになつて居るのを見受けます。……売るほうも買うほうも謙遜な心と打解けた笑顔とで快く相互扶助の実を挙げることが出来て行くやうに思はれます。[41]

「八百政」という八百屋を、与謝野は「他人を幸ひすることの出来る自己の職業と手腕とを自ら喜び、之に由つて自己の良心的命令を遂行することのできる幸福に自ら満足し」[42]ているのだと「倫理的」に評価した。ここでも与謝野は小売店の固有名と場所を記し、できるだけ具体的に伝えようとしている。

次に影響を受けるのは、そこに買い物にくる主婦達だった。

今一つ私の嬉しく思ふことは、いろいろの廉売市や大安売が行れた為めに、一般の主婦が、自分達がこれまでのやうに、小売商の暴利の犠牲とならないでも、世の中には、生産と分配の順序さへ改革して単純にすれば、正当な価格で食料品を売買する方法のあることを知るに到つたことです。之が一部婦人の経済思想を促したどれだけ大きな改革であり進歩であるか知れません。……どの廉売市へも、どの大安売の店へも、主として婦人客が集つて居るのを見ると、必要の切迫した所には、我国の婦人も知るべきことを知り、為すべきことを為すだけの可能性のあることを私は心強く思ひます。日本婦人は欧米の婦人のやうに買出しに行くことを好まないであらうと云ふことも、私達が野菜物の大きな風呂敷包を抱へて其等の買物から帰つて来る事実で、全く識者の杞憂であつたことが実証されました。[43]

「識者の杞憂」とあるように、こうした買い物の風景は当時としては異様なものだった。小売店でその時々に必要な分の食料品を現金買いする習慣はまだ定着しておらず、定期的に商人が持ってくる米、酒、野菜などをそのまま家で受け取り、後日まとめて付け払いをするというのが普通だった。こうした習慣は、米や野菜の単価を知らないままの購入であるため、売り手の言い値が妥当であるか否かを判断する能力が養えず、結果としての家庭の経済力を弱くしているという批判がなされていた。また、廉売用の市場を設けても外に買い物に出る習慣が日本の女性には無いから効果が無いのではないかという議論も存在していた[44]。しかし与謝野は、ある一人が「自己の良心的命令を遂行」したことにより、多くの主婦が旧来の習慣から抜け出し、主体的な購買行動に踏み切るようになった事例を浪漫主義的に発見したのである。

パリの街を独り歩いた経験から、近所での買い物まで、与謝野は日常の中に全人類的な「倫理」の端緒を見つけ、これを美しいものとして言語化し、伝えようとしていた。そこには、「杞憂され悲観される事実」も多いこの世界で、それでも「楽観的」であり続けようとする浪漫主義者としての意志が存在した。

女性知識人としての与謝野の地位を考えれば、こうした啓蒙的言説の効果において、与謝野の右に出る者はいないだろう。おそらくそれは、与謝野なりの「倫理的義務」なのである。言うなれば、紫式部が「源氏物語」を著したように、ロダンがキャンパスに向かうように、与謝野は善き八百屋を紹介したのである。八百屋において店主と客とが「謙遜な心と打ち解けた笑顔とで」遣り取りをしている様は、人々が「倫理的」に独立した主体であり、「相互扶助」社会の実現が可能であることを暗示するものだった。こうした営みの先に人々の社会不安は解消されるはずだと、与謝野は敢えて信じてみたのである。

小括

以上、三章にわたって与謝野の思想遍歴を追ってきた。本書での与謝野の思想分析はここまでとなる。もっとも、この後も与謝野は創作・言論活動を続けていくのであり、そこにはまた新たな思想展開があるだろう。

総じて言えば、与謝野は与えられた「公」に対する責任を果たそうとしたのではなかった。かつて『明星』という公的秩序において与謝野が果たしていた責任は、『明星』同人たちの期待を裏切らないためのものであり、同時に与謝野が極めて孤独な内省によって勝ち取った個人のありようを実践するためのものであった。それに対して、「君死にたまふことなかれ」に際しての事後処理に見られたように、与謝野は「公」としての大日本帝国に対しては、何らの責任主体としての意識を持たず、そうした自身の「私」性にも疑問を抱かなかった。『明星』という公的秩序が失われた後、「公」としての大日本帝国が暴力的にその姿を見せると、与謝野は「私」に拠ることでこれを拒否した。文明の先進地を実際に見聞した洋行体験も、「私」的個人としての自己に対する確信をもたらすものとなった。一方で、「私」的な「生活」が非理想的な現状との妥協にのみ終わることを、浪漫主義者としての与謝野は許容できなかった。『みだれ髪』などで見せた、形而下において理想的たらんとする浪漫主義者としての意志は、やがて人類の「倫理的」可能性を鼓吹し、主体的な国民による国家の運営と、主体的な市民による「相互扶助」社会の実現という、いかにも近代個人主義的な啓蒙的言説を展開させることになった。与謝野が考える「相互扶助」の社会において、国家とは主体的な国民が「最高最善の理想たる人道主義及び人類主義の中に建設」するものであり、それはかつて「私」的個人として拒否した大日本帝国とは別物であることが期待されていたのである。

本書は与謝野の思想や言説について、その実社会的な意義であったり、女性解放論としての意義であったりといったことを論じようとするものではない。「君死にたまふことなかれ」や大逆事件時における与謝野を政治主体として考えるならば、やはり「私」的個人としての未熟さがあったと言えるだろう。母性保護論争における議論も、同時代から現代にいたるまで指摘されるように、当時の経済状況において必ずしも説得力のある議論ではなかったかもしれない。母性保護論争において与謝野がそうした理想主義的な啓蒙的言説を行っていたのは、浪漫主義者としての自己を回復させたいがために、世界を「楽観的」に見ようとしたことが大きな理由だった。そこにあるのは、家族と共に暮らす「私」的な「生活」に生きながら、同時に理想的な自己を常に追い求めたいという『みだれ髪』以来の個人としての欲求だった。その結果として導き出された国家‐個人の関係についてのイメージ、「相互扶助」を可能とする社会のイメージは、いかにもありがちな近代個人主義思想を反映したものとなった。「文明」を至上価値とする単線的な近代主義史観も、「ブルジョア・デモクラシー」だと批判されそうな社会のイメージも、思想として個性的かと言えばそうではなく、言ってしまえば月並みでもある。いかに国家を「最高最善の理想たる人道主義及び人類主義の中に建設」すると言っても、王朝文学から教育勅語までいかにも「ナショナル」なものを好んでいた与謝野であるから、結局は「日本」という国民国家のイデオロギーを再生産することになっていくのかもしれない。

しかし、本書が考えたいのは、そうしたことではない。与謝野は単なる所与の「公」に対しては興味を示さなかった。しかし、「私」の「生活」に依拠する個人であり続けようとした与謝野は、そうした個人として期待する公的秩序においては常に責任主体であろうとしていた。そして、その結果として繰り広げられた創作活動や言論活動が、同時代においていかに広く読まれていたかについては、多言を要しないだろう。本書が考えるのは、与謝野がそのような個人であったことの是非ではなく、そのような個人であったことの意義である。それを考えるために、与謝野についての議論はここでいったん収め、本書のもう一人の主人公・らいてうこと平塚明子についての議論に移りたい。

註

1　当該期の与謝野を論じた研究として、住友陽文『皇国日本のデモクラシー―個人創造の思想史』(有志舎、二〇一一年)の第七章「個人主義としての愛国心―与謝野晶子の自我論が包摂する世界市民主義と愛国心」、住友元美「共同性と協同性―母性保護論争の射程」(『ヒストリア』一六三、一九九九年)などがある。

住友陽文氏の論では、国民たることによってもたらされる利益にあやかりたいと考える大衆社会下での「ナショナリズム」と、国家からの見返りを期待せず、「社会」構築に必要な個人における人格陶冶の規範を「皇国」に求めるという「愛国心」とを区別し、後者型のデモクラット的「市民」のあり方として、国家による母性保護を拒否した与謝野を論じている。氏の論については序論でも言及したので、ここでは触れない。

住友元美氏の論は、新たな社会秩序の形成を目指した与謝野と平塚が、「現実社会において人格的平等の獲得を何に求めるか」について議論したのが母性保護論争であり、「平等」を担保する全体性の所在を平塚が国家に求めたのに対して、与謝野は「平等」を「労働」する個人によって実現しようとしたと両者の立場を整理した。氏の論は「平等」や「労働」といった分析概念によって与謝野・平塚の比較を試みたものであるが、しかし、以下で論じるように、与謝野が考えていた「平等」や「労働」といった概念はかなり特殊な意味を持っていた。

2　山川菊栄「母性保護と経済的独立〈与謝野、平塚二氏の論争〉」『婦人公論』三―九、一九一八年九月、香内信子編『資料　母性保護論争』ドメス出版、一九八四年、一三六～一四〇頁。

3　与謝野「小売商の暴利」、初出誌不明、『人及び女として』(天弦堂書房、一九一六年)所収、『全集』第一五巻、二三四～二三九頁。

4　同右、二四一頁。

5　与謝野「暗黒の底より」、初出誌不明、『心頭雑草』(天佑社、一九一九年)所収、『全集』第一七巻、一〇六頁。

6　与謝野「小売商の取締」『横浜貿易新報』一九一七年一〇月一四日、『若き友へ』(白水社、一九一八年)所収、『全集』第一六巻、四二三頁。

7　与謝野「学校衛生に就て」『横浜貿易新報』一九一八年五月二六日(初題は「学校衛生と廉売市」)、前掲『心頭雑草』所収、『全集』第一七巻、七三頁。

8　与謝野「感想の断片」、初出誌不明、前掲『人及び女として』所収、『全集』第一五巻、二四六頁。
9　与謝野「私たちの愛国心」『横浜貿易新報』一九一七年一一月四月、前掲『若き友へ』所収、『全集』第一六巻、四二七頁。
10　与謝野「公設市場、公設質屋、享楽税」、初出誌不明、前掲『心頭雑草』所収、『全集』第一七巻、一一七頁。
11　与謝野「二人の女の対話」『東京朝日新聞』一九一四年一一月四〜六・八・一一・一三・一五〜一六・一八・二〇〜二一・二五・二八日、『雑記帳』（金尾文淵堂、一九一五年）所収、『全集』第一四巻、四二三頁。
12　与謝野「理智に聴く女」、初出誌不明、前掲『雑記帳』所収、『全集』第一四巻、三四九頁。
13　前掲与謝野「二人の女の対話」、『全集』第一四巻、四二四頁。
14　与謝野「人生最高の理想」、初出誌不明、前掲『我等何を求むるか』所収、『全集』第一五巻、四九九頁。
15　与謝野「家庭改良の要求」、初出誌不明、前掲『若き友へ』所収、『全集』第一六巻、五五四〜五五五頁。
16　与謝野「婦人と経済的自覚」、初出誌不明、前掲『心頭雑草』所収、『全集』第一七巻、六三〜六七頁。
17　前掲与謝野「人生最高の理想」、『全集』第一五巻、四九九頁。
18　前掲与謝野「二人の女の対話」、『全集』第一四巻、四一〇頁。
19　前掲与謝野「小売商の暴利」、『全集』第一五巻、二四二頁。
20　与謝野「富豪の社会的貢献」、初出誌不明、『愛、理性及び勇気』（阿蘭陀書房、一九一七年）所収、『全集』第一六巻、二四六頁。
21　与謝野「優能な子女の保護」、初出誌不明、前掲『愛、理性及び勇気』所収、『全集』第一六巻、二〇八頁。
22　前掲与謝野「小売商の暴利」、『全集』第一五巻、二四二頁。
23　前掲与謝野「富豪の社会的貢献」、『全集』第一六巻、二四六頁。
24　同右。
25　本書の理解では、与謝野も国家の福祉政策を否定していたのではなかった。それにも拘わらず、与謝野が母性保護論争で平塚にしつこく論戦を挑んでいったのは、国家権力の功罪を念頭においた場合の、しかるべき国家と個人の距離感に関する認識の相違が一因だろう。たとえば与謝野は平塚に対し、「平塚さんは「国家」と云ふものに多大の期待をかけて居られるようですが……平塚さんの云はれる「国家」は現状のままの国家では無くて、勿論理想的に改造された国家の意味でせう」（与謝野「平塚さんと私の論争」『太陽』一九一八年六月（初題は「粘土自像」）、前掲『心頭雑草』所収、『全集』第一七巻、一三二〜一三三頁）と疑問を示して、「国家」という概念の使用方法が互いに異なってはいないかと確認している。このことについて上野千鶴子氏は「平塚に対して「国家主義者か、軍国主義者のような高飛車な口気を漏らす」と感想を述べる与謝野の直観は、ある意味で正しい」（『ナショナリズムとジェンダー』青土社、一九九八年、四八頁）と指摘している。

26　「阿部次郎さんの訳されたリツプスの「倫理学の根本問題」ほど私を最も多く深く教へたものはありません」（与謝野「「倫理学の根本問題」を読みて」『太陽』一九一六年一一月、前掲『我等何を求むるか』所収、『全集』第一五巻、五〇九頁）と語るように、与謝野は所謂教養派の知識人を経由したリップス受容にも思想的基盤を得ている。本書で論じたような、与謝野が考えていた「国家・国民」の関係は、大正デモクラシーや教養主義的な思想状況のもとで考える必要があるだろう。なお、与謝野と大正デモクラシーについては、太田登編『与謝野寛晶子論考―寛の才気・晶子の天分』（八木書店、二〇一二年）も参照。

27　中山弘明氏は、こうした与謝野の経済観が、河上肇「ラスキンの『此最後の者にも』」（一九一八）の影響を受けたものと指摘している。中山氏によれば、「価値」とは「欲望」の所産であり、「主観的」なものでしかないという「効用価値論」を踏まえた河上の議論に触れた与謝野が、そうした「「欲望」をいかに「調節」し、組織するか」という問題関心を持っていたことを指摘し、この時期の与謝野が選挙制度に関しても多くの論考を書いていたことも、この観点から考える必要があるとしている（中山弘明『第一次大戦の〈影〉―世界戦争と日本文学』新曜社、二〇一二年、二三七～二四三頁）。

28　前掲与謝野「二人の女の対話」、『全集』第一四巻、四二〇頁。

29　同右、『全集』第一四巻、四〇七頁。

30　『大阪毎日新聞』一九一四年七月五日、『さくら草』東雲堂書店、一九一五年、『全集』第三巻、一四五頁。

31　与謝野「台風」、初出誌不明、前掲『人及び女として』所収、『全集』第一五巻、九八頁。

32　与謝野「鏡心灯語」『太陽』一九一五年一～三月、『全集』第一四巻、四三六～四三七頁。

33　与謝野「エトワアルの広場」『読売新聞』一九一五年五月二日、『全集』第一〇巻、一九二～一九六頁。

34　前掲与謝野「鏡心灯語」、『全集』第一四巻、四三四～四三五頁。

35　与謝野「将来の男女道徳」『大阪毎日新聞』一九一七年一月八日（初題は「将来の男女関係」）、前掲『愛、理性及び勇気』所収、『全集』第一六巻、一四頁。

36　与謝野「富力の適当な運用」『横浜貿易新報』一九一六年九月六日～一〇月二五日・一一月八日～一二月六日、前掲『我等何を

求むるか」所収、『全集』第一五巻、五四七頁。

37　与謝野「富豪の人道的貢献」『女学世界』一九一七年一二月、前掲『若き友へ』所収、『全集』第一六巻、四一四頁。

38　与謝野「義金の寄贈と勧誘に就て」『横浜貿易新報』一九一七年一二月二三日（初題は「年の暮に」）、前掲『若き友へ』所収、『全集』第一六巻、四九五頁。

39　同右。

40　前掲与謝野「富豪の人道的貢献」、『全集』第一六巻、四一四頁。

41　与謝野「物価暴騰と廉売市」『太陽』一九一八年五月（初題は「粘土自像」）、前掲『心頭雑草』所収、『全集』第一七巻、四七頁。

42　同右、四八頁。

43　同右、『全集』第一七巻、四九頁。

44　たとえば『友愛婦人』第一号（一九一六年八月）では、女性の行う家事労働について、現金を持って小売店に買物に出かけることを奨励している記事が二つ掲載されている（安部磯雄「女はどんな務めをすべきか」、手塚かね子「物を生かして使ふ法」）。同号掲載の友愛会会長・鈴木文治の巻頭論稿「真の女の踏み行く道」が極めて平易な文体と内容であることからも明らかなように、同雑誌は多分に啓蒙的な性格を有している。この頃の一般の女性が現金を持って小売店に買物に行くことは、啓蒙活動の末にようやく行われるものと考えられていたのである。

後篇　平塚らいてう篇

らいてうこと平塚明子は、一八八六（明治一九）年の東京に、高級官吏の三女として生を享けた。同年の生まれには石川啄木、谷崎潤一郎、萩原朔太郎など。一九〇三（明治三六）年に日本女子大学の家政学部に進学、その頃から哲学書や宗教書を読み耽り、また禅に打ち込むなど、深い思索の世界に沈潜する日々を送った。平塚の名を一気に高めたのは、一九一一（明治四四）年の『青鞜』創刊である。『青鞜』は日本で初めての女性だけによる文芸雑誌で、平塚は「らいてう」の筆名を用いて言論活動を開始する。『青鞜』創刊号掲載の「元始、女性は太陽であった」は現代でも名高い。大正後半には母性保護論争で与謝野らと争ったほか、市川房枝とともに新婦人協会を立ち上げ、女性参政権等の獲得に向けた運動を展開した。昭和期には消費組合の運動、戦後は一貫して反戦・平和運動に取り組み続けた。

こうした経歴を持つ平塚の研究は、文学、思想史、政治史、女性史などの様々な分野において行われている。しかし、総じて言えば、男性優位の社会規範が支配した大日本帝国の秩序を相対化する思想の持ち主だったと言えるだろう。たとえば女性史家である米田佐代子氏は、大日本帝国のゆがんだ「近代」化を拒否するという意味において平塚を「反近代」の思想家と捉え、これに代わる新たな協同性を模索し、女性の権利獲得のために活動した人物として平塚を描いた[1]。平塚が「反近代」の思想家であると考えられたのは、平塚が「母性」を重んじる思想の持ち主であったことから、それが男性中心の産業社会批判であると理解されたことが一つの理由である。産業社会批判は、近代社会において個であることを相対化（─「反近代」）し、ときにユートピア的な共同体を求めるものであることから、昭和戦中期の全体主義との思想的な親和性─とくにその優生思想的思考─が指摘されることもしばしばだった[2]。

こうした議論は序論で引いた鹿野政直氏の議論とも重なっている。平塚についての研究は、平塚が近代日本においてオルタナティブな秩序の創造者であったことと、その母性主義や優生思想的思考が昭和戦中期のファシズム体制に親和的であったこととを、どのように結び付け、解釈するかが大きな課題だった。しかし、本書では序論で述べたように、昭和戦中期の日本はさしあたって脇に措く。結果から遡及して考えるのではなく、まずは平塚自身のテキストに則して考察を進めたい。

「平塚らいてう篇」の始めとなるこの第四章では、一九一一（明治四四）年の『青鞜』創刊に至るまでの初期思想形成の過程を辿り、平塚の若年期における哲学的思索の再解釈を試みる。重要になるのは、明治四〇年代以降に生じた「自分」を語る行為[3]の過剰化と、その際の言葉そのものへの懐疑という哲学的課題である[4]。平塚がここで獲得する人間存在への眼差しは、後の社会運動や政治運動における平塚の言動の根幹として作用し続けることになる。

一、自他を語る言葉への不信

若年期の平塚の哲学的思索が、綱島梁川の「予が見神の実験」（一九〇五）の影響を強く受けていたことはよく知られている。しかし、従来、綱島の影響は指摘されつつも、それは所謂「煩悶青年」がそうであったような、同時代における一般的な影響関係が指摘されるのみだった[5]。以下では、平塚自身の個別具体的な境遇や『青鞜』創刊までの思想形成過程をたどることによって、綱島「予が見神の実験」が平塚に与えた思想的意味を考えたい。そのため、ここではあえて、自伝資料[6]を積極的に用いることにする。以下で用いる自伝資料は、いずれも戦後に書かれたものである。自伝の内容が即ち事実であるわけではない。しかし、「自分」を語るという行為は、自己省察の過程であると同時に、語る行為の結果として「自分」が新たに発見されるという循環的な思考を伴うものである[7]。そして、この第四章の主題が、まさに「自分」を語るという行為を通して形成された、平塚の自己認識をめぐる思想である。参照する自伝資料もまた、平塚における「自分」という物語を示すテキストであることは確かだろう。そして、自伝資料から浮かび上がる、若年期平塚が「自分」語りを通して獲得した自己認識は、その後の平塚の思想を確かに一貫して規定していたと考えられるのである。

平塚が語るみずからの若年期のモチーフを簡潔に述べれば、「自分」に対して無条件の愛を注いでくれた家族へのノスタルジックな思慕と、心身ともに不健全であった「自分」に対する嫌気である。この二つのモチーフは自伝の中で繰り返し描かれる。

「平穏な家庭のなかで、末っ子のわたしは家族の愛を集めながら育ちました」[8]とみずから語るように、幼少期の平塚は家族の愛の中で育った。自伝には、まさに家庭の団欒と言うべき、微笑ましくも愛らしい親子の姿が頻りに描かれる。特に「末っ子のわたくしがよほど可愛かった」[9]という父親との思い出は実に心温まるものである。父とトランプで遊んだこと、二人で釣りへ行ったこと、釣果で娘に負けて負け惜しみを言う父、編み物が上手な父が手袋を編んでくれたこと、恥ずかしいから手袋を作ってもらったことは友達に言うなと口止めされたこと。平塚の父は、憲法調査のため渡欧した伊藤博文に同行した経歴を持つ程の高級官僚だったが、家庭においては「いつまでも倦きもせず、わたくしたちの相手になって遊んでくれたものです」[10]と平塚が回想するようなただの父だった[11]。

しかし後年の平塚は、いかに愛に満ち溢れた家庭ではあっても、その中で十全に健やかな自己形成が行われたとは考えていなかった。これがもう一つのモチーフである。

姉は大きな声を出して歌も上手にうたい、元気で、いわゆる子どもらしい子どもでしたが、姉にくらべてわたくしのほうは、引っこみ思案でおとなしく、だんまり屋でした。……

姉とわたくしとは、小さいときから性格がまったく正反対で、姉は陽気で健康、気短かで、感情的で、声が良いというぐあいに、およそわたくしと違っていました。戊年生まれのわたくしの性格について、淘宮術にこっていた祖母は、戊年生まれの者は人づきあいが悪く、無愛想だからそのつもりで気をつけなければならない。酉年生まれの姉は、その反対に社交的で、弁舌もうまい、というようなことをよくいっていました。そのせいでもないでしょうが、姉とわたくしはすべてが対蹠的のようでした。[12]

二人姉妹として育った平塚には、何かといえば姉と対照的に理解されるということが日常的に行われていたようである。平塚は、「子供らしい子供」「陽気で健康」といった積極的な言葉で形容される姉とは「まったく正反対」な存在として周囲から理解され、そして語られた。こうした「平塚明子」という人間に対する語りが、知らず識らずのうちに幼少の心に内面化していくことは容易に想像できよう。そうした消極的な自己評価の内面化は、やがて「非社交的な性格」を形作っていったと言う[13]。少なくとも後年の平塚は、みずからの幼少期の経験をそのように理解しているのである。こうした「自分」をめぐる基本モチーフは、くり返しになるが、晩年になって初めて現れたものではなく、本書が論述対象とする平塚の思想遍歴においても一貫していると言える。

自他を語る言葉が「健全さ」という価値規範に基づいている限り、平塚は常に否定形でしか語られない。後年の平塚は、若年期のみずからの思索を「永遠なるもの」[14]の探求という言葉で理解している[15]が、それはこうした原体験に基づく、自他を語る言葉への不信に根ざしていた。そして、そうした「永遠」探求にあたって、平塚が最初に対立したのは父親だった。

> 小さいころ、あれほど父に可愛がられ、また馴染んでいたわたくしでしたが、いつのころからか次第に、父に対して、なんということなく気軽に話ができないようになっていました。とくにこだわる理由があるわけではありませんが、なれなれしく口のきけないような雰囲気が、父という絶対者のまわりに立ちこめているとでもいったらいいでしょうか。いま考えてみると、官界での生活がつづき、その地位もだんだん上がるにつれ、父の顔つきや、父という人間のもつ雰囲気にも、なんとなしの官僚臭、あるいは官僚色というものが感じられてきたことに対する、わたくしの無意識の抵抗のはじまりであったのかもしれません。[16]

平塚の父に対する反発が「官僚」的なものに対する「抵抗のはじまり」であったという点については、ここでは問題にしない。ここで重要であるのは、父が変わってしまったということ、変わってしまった原因が父の社会的地位にあること、の二点である[17]。

「絶対者」のような父の威厳は、高級官僚であるという彼の社会的地位に拠るものであって、彼自身が発している威厳ではない。父は世俗的な価値判断から「官僚」なる職分に権威を認め、それを自分自身に重ね合わせている。つまり父は、社会通念上、権威ある職業を意味する「官僚である」という述語でみずからを理解することにより、自身の存在のあり方まで変化させてしまったのである。そしてこの変化は、かつて無条件の愛を注いでくれたはずの父の像を、遠い記憶の彼方へと追い遣ってしまった。平塚が望んだ「永遠なるもの」とは、外在的な言葉で語られることによって実体化するものではなく、常にそれ自体として存在し、それ故に変化することがなく、また裏切ることも無いものであった―という解釈は、引用した資料が自伝資料であることを差し引くと、いささか読み込みすぎだろう。しかしこの葛藤は、次節で論じる塩原心中未遂事件後の平塚の言説、また次章で論じる「平塚らいてう」として認識される自己への距離感として現れてくることになる。こうした理解の蓋然性は、この後の議論で明らかにするほかない。さしあたってここでは、青年期平塚の思想課題が、綱島「予が見神の実験」とどのように交錯するのかを考えよう。

以下は、綱島「予が見神の実験」の一節である。

夫れ見と信と行とは、吾人の宗教生活に於ける三大要義也。三者は相済し相資けて、其の価値に軒輊すべき所あるを見ず。たゞ予は予みづからの所證に基づきて、見の一義に従来慣視以上の重要義を附せんとす。人動もすれば見と信とを対せしめては、信の一義に宗教上千鈞の重きを措くを常とし、而して見の一義に至りては、之れを説くもの稀也。況や其の光輝ある意義を推揮するものに於いてをや。され

> ど予は信ず、偉大なる信念の根底には、常に偉大なる見神あることを。真に神を見ずして、真に神を信ずるものはあらず。[18]

綱島の宗教体験の根幹をなすのは、「見」たという以上のことが問答無用であるという無条件のリアリティである。それは「信」よりも「見」を重んじる態度が何よりもよく物語っていよう。実際に「見」たのだという一点において、綱島はあらゆる合理的な説明を抜きに「神」の存在を主張するのである。「神」が綱島の言うようなものならば、それは一切の外在的根拠を必要とせず、常にそれ自体として存在する、すなわち所与の言葉や価値に基づいて認識される以前の存在である。綱島が語る「神」とは、心の安寧を願う平塚が求めた「永遠なるもの」、すなわち言葉によって語られる以前の存在に他ならなかったのではないか。

綱島のみならず、当時の青年層が「神」のような超越性を希求したのは、所謂「近代的自我」なるものを内面化したことによって生じた、世界と断絶した自我が抱いた孤独感故である。しかしこの時点の平塚にとって自己をとりまく世界とは、実態としては祖母、父、母、姉によって構成される家族集団や、学校での交友関係という以上のものではなかった。平塚にとっての「煩悶」とは、極めて小さく具体的な人間関係—本書の表現としては、それはまさに「私」的な（と見なされ得る）—において使用される言葉（世界の切り取り方）への懐疑である。この後、平塚は極めて観念的な思索世界へと没入していくが、しかし、そもそも平塚が望んでいたのは、そうした「私」的な個人としての、極めて実際的で身近な人間関係における確かな相互理解だった。

平塚が参禅体験によって獲得した見性はしばしば綱島の見神体験に擬えられる。しかし、後年の平塚の回想によれば、見性が平塚にもたらしたものは、「神」のような超越性に触れたことと同時に、何故か体力がついて活発に行動ができるようになったというような、日々の生活における実際的な充足だった[19]。平塚の見性は「永遠なるもの」に触れ得た体験であり、それは綱島の見神体験に重ね合わせることが可能な、後々の思想展開の基礎ともなる重大事ではあった。しかし、この時点においては、有り体に言えば周囲の環境に対する苦手意識を克服し、日々の生活に積極的になれるきっかけを得たという程度のことであり、思想的に体系化される段階ではなかったと考えられる。これが言葉の政治性に対する闘争原理へと昇華するのは、一九〇八（明治四一）年の塩原心中未遂事件を待たなければならない。

二、言葉と社会

一九〇八年の塩原事件は、平塚を一躍時の人としてしまった。森田草平との心中未遂事件は、高級官僚の令嬢が起こした醜聞として新聞メディアに面白可笑しく書きたてられる。

事件発生から連日繰り返された報道をたどると、失踪当初は「女藤村操」「禅学令嬢」というように人生を思い悩む「煩悶青年」としての平塚像、森田が同伴であったことが明らかになった後は、「神聖な恋愛《ラブ》」を揚言しながらだらしのない性欲の発散を躊躇わないという意味での「自然主義」的な人間としての平塚像、そして最後は、愉快犯的に男を誑かす呆れた「女学生」としての平塚像と、当時の「青年」を揶揄するゴシップ的な語りが次々と平塚に対して行われた[20]。かかるてんで勝手な「平塚明子」物語の横行に、平塚自身は一切口を噤んでいた。塩原から帰宅した平塚は新聞社の取材に対し、「何とでも御推諒に任せます」[21]と匙を投げている。

見ず知らずの不特定多数の人々から、一方的で不愉快極まりない「自分」への語りを受けた平塚は、事件後、休養のために独り訪れた信州の地で、この体験をみずからの闘争原理として体系化していくことになる。それは語り語られるという人間の営みに対してどのように向き合うべきかという思想的探求だった。平塚が信州の地で記した文章に「高原の秋」[22]がある。「元始、女性は太陽であつた」へと連続する様々なモチーフが描かれていること、「雷鳥（らいてう）」という呼称が初めて登場することなど、後に展開される平塚の思想の萌芽的イメージがここにあると思われる。

信州の地で平塚が宿を借りた民家では、平塚が高級官僚の娘であることを知るや、急にその待遇を改めたという。そのことについて平塚は次のように語っている。

勲何等、何位、年俸何円の官吏の令嬢を御世話することは名誉だと云ふ。成程私は官吏の娘に相違ない。併し官吏としての父が生命として常に重ずる社会の感情や、名誉や、体面に私はどれほど損傷を与へて来たか知れない。その私は到底官吏の子ではない。子となることは出来ない。母は官吏としての父と私との間に立つて、父に対する手前と、私に対する愛情の為に自分の生活を全く踏みにぢられてゐるのだ。かうまで両親の上に償ひがたいことをしながら、なほも自分みづからでありたさに、又もかうして、其悦ばない顔を見ながら、たつてこの山国へと、淋しい心持を抱いて、漂白の途についたのではないか。……私は無位無官の人間としての父の子と若しなることを許されるならばなりたいのだ。けれど、官吏の子ではない。父が官吏の故を以て恵まれる肉片にどうして舌を鼓することが出来やう。私は只の人の子である。赤裸々なる一個の女としての私に適当の尊敬と、好意を以て与へるものでなくてはいやだ。[23]

　ここにおいて父とは「官吏としての父」であり、母は「官吏としての父と私との間に立」つ者としての「母」だった。父も母も、「社会」全体の関係性の中でみずからの立ち位地を定め、それにふさわしい行動を以て平塚に対してくる。それに対して平塚は、そうした「社会」全体の関係性にふさわしくない行動をとったことから、「官吏としての父」の子たり得ない。平塚が求めたのは、そうした「社会」全体の関係性を抜きにして、単に一対一の人間関係として「只の人の子」「赤裸々なる一個の女」である「自分」に向き合って欲しいということだった。

　とはいえ、平塚自身が「許されるならば」と言うように、人々は常に「社会」の関係性の中にあって、その関係性におけるしかるべき価値規範に従って行動している。そこで使われる自他を語る言葉も、そうした価値規範に基づいている。しかし、そうした言葉が「自分」を消極的にしか語り得ないものだとしたら、どうすればよいのか。

　　私に友達があつたらうか。一人だつてほんとうの友達があつたらうか。只つた一人の人にさへ一度だつて、ほんとうの自分を語り得たことはなかつたではないか。終始大嘘を云つて居るやうな感じに苦しめられてゐたではないか。私は隠す気はさら〳〵ないが到底自分の真底を語るに堪へない人間に生れたのだ。又一度だつて、人の云ふことを心から信じて聴いてゐたことがあつたらうか、只つた一人の人の言葉さへ何時も嘘だ嘘だと思つて居たではないか。決して疑がふ気はないのだけれどさう感じられてならないのだから仕方がない。どの道、私はほんとうの友達なんてものは有てないやうに生れ付いて居るのだ。社交によつて得られる安値な智識や歓楽が何だらう。社会我を発展させて行く・・・そんなことは私には理解されないことだ。[24]

平塚はこのように、「社会」を拒否して孤独な自己否定の境地に至る。所与の言葉と、それに付随する価値秩序（「社会」）のもとでは、平塚は「語るに堪へない人間」だからである。平塚はそうした自他認識を語る言葉に対し、「何時も嘘だ嘘だ」とその偽善性を感じずにはいられなかった。

平塚の思想闘争とは、結論を先んじて言えば、こうした意味での「社会」不適合者としての「自分」をどのように扱うかという模索の所産だった[25]。そして、新聞メディアによって「自分」が不条理に語られた苦い経験は、平塚の視線を身近で実際的な人間関係の外に、すなわち、より広範な「社会」へと向けさせていったのである。

一九一〇（明治四三）年、平塚は、森田草平が塩原事件を題材として書いた小説「煤煙」（一九〇九）に対して、「小説に描かれたるモデルの感想」と題した感想を発表した。心中未遂事件が先行的にメディアで書き立てられた小説「煤煙」は、明らかに具体的なモデルが存在し、そのモデルがかなり直接的に描かれていることを読者に想定させる小説だろう。この感想で奇妙であるのは、その署名が「平塚朋子」（傍点は筆者による、以下同）となっていることである。「朋子」とは、小説「煤煙」に登場する平塚をモデルとした登場人物の名前である。

記者。朋子と云ふのは貴女ださうですが、実際の貴方から見て、能く（貴方が）現はれて居ると思はれますか。

朋子。現はれて居ません。本当の私とは違つて居ます。書く人に私と云ふ人間が能く分つて居なかつたのでせう。分る筈がありません。右を打てば左に出て、左を打てば右に出て、又、右を打つて右に応ずることもあれば、左を打つて左に応ずることもあるでせう。私は相手の態度と、その時の心持で、上下左右何うにでも変る人間です、物に触れ、事に応じて、それに同化して了ふのです。[26]

作者である森田は、「平塚明子」という人間に基づいて作中の女性を描き、また読者も作中の女性が「平塚明子」を描いたものであることを前提に作品を読む。その結果、作品上に浮かび上がる人物像に対し、森田や読者は仮に「朋子」という名を付している。しかし、この感想で平塚は「朋子」という仮名を実名として引き受けてしまう。平塚はみずから、「自分」は森田によって語られ、読者によって理解される「平塚朋子」であると居直ってしまうのである。また、「記者」からのインタビューという形式で綴られていることにも注目が必要である。平塚は「平塚朋子」として居直ることで、塩原事件の際に面白おかしく「平塚明子」物語を書きたてた「記者」を煙に巻いているのである。

平塚の論理は、この文章を読むだけではいささか言葉足らずであり、不明瞭である。しかし、「平塚朋子」として居直っていることを考えれば、「私は相手の態度と、その時の心持で……それに同化して了ふ」とは、現象する「自分」とは固定的で単一なものではなく、常に周囲の状況や他者からの認識の結果として現れるものだという意味だろう。平塚が問題としているのは、他者認識における主観性の問題である。すなわち森田は、独立不変の他者として「平塚明子」という人間が存在していると考え、それを客観描写しようとすることによって浮かび上がった像に「平塚朋子」という名を仮に付した。しかし、そもそもの「平塚明子」自体が、結局は森田の主観のうちに構築した虚像以上にはならない。結果として、森田が描いた「平塚朋子」なる存在は、「本当の私とは違つて居」る。そのことを指摘した上で、平塚は「平塚朋子」として居直っているのである。結局「自分」という存在は、森田という主体によって任意に語られる存在に過ぎないし、「自分」とはそのような存在で結構だと啖呵をきっているのである。

　つまり、平塚が考えているのは、認識論上の他者の不可知性と、その不可知性に拘わらず他者を認識したがる人間の暴力性、そして、結局はこの暴力性を受け入れることによってのみ現象し得る「自分」という存在についてである。

> 今の芸術家の人々には此の物に同化する素質が乏しいやうです。同化する力が無くて何うして芸術が出来ませう。又、客観と云ふことを言います。然も、客観しようとして客観出来るものではないと思ひます。客観しようとする時、既に主観に囚はれて居るのです。本当の意味の客観は、物に同化しながら而もその間に余裕があつて自ら観得る、其場合にのみ出来ることでせう。[27]

平塚はこのように記し、「客観しようとする時、既に主観に囚はれて居る」と言って、認識論上の不可知性を指摘する。しかし、ここで重要であるのは、平塚は「客観」の不可能性を指摘するところで議論をとどめていないことである。

　平塚は「同化」を芸術家に必要な資質であるとした上で、「客観」とは「同化しながら而もその間に余裕があつて自ら観得る」ときに成立するものだと言う。認識論上の他者の不可知性を考えれば、他者認識とは暴力的なものたらざるを得ない。しかし、それを否定するのではなく、他者認識が行われる際の自他の関係性―現象としての人間存在のあり方を規定する―をメタ的に把握する（「余裕があつて自ら観得る」）のであれば、それは「客観」だと見なしてもよいと言っているのである。

つまり平塚は、認識論上の他者の不可知性を前提にした上で、他者認識が暴力的たらざるを得ないことを諦め、また受け入れようとしていた。他者認識の暴力性を受け入れることによってのみ現象し得る「自分」という存在と、「自分みづからでありた」いという欲求とを、何らかの形ですりあわせようとしていたのである。そうであれば、たとえ「本当の私とは違つて居」るとしても、平塚は「平塚明子」たらざるを得ないし、さしあたりは「平塚明子」であってもよいことになる[28]。

かくして平塚は「平塚明子」として居直った上で、本来不可知であるところの他者を「主観」によって暴力的に切り取る「同化」を、芸術家に必要な資質であると指摘した[29]。そして、その本質において暴力的たらざるを得ない他者認識を、「余裕があつて自ら観得る」場合において「客観」だと見なしてよいと肯定した。この論理は『青鞜』創刊号に掲載された「元始、女性は太陽であつた」（一九一一）へとつながっていく。

三、語りにおける完全なる主体としての「太陽」

「元始、女性は太陽であつた」の冒頭は次のように始まる。

元始、女性は実に太陽であつた。真正の人であつた。
今、女性は月である。他に依つて生き、他の光によつて輝く、病人のやうな蒼白い顔の月である。[30]

ここで「太陽」とは「月」の対概念である。「太陽」とはみずからその存在を発現できる者である。逆に「月」とは「太陽」の光に照らされることではじめてその存在が認識される者であり、みずからその存在を発現できない者である。本章の論旨に従って言い直せば、「太陽」とは認識する側であり、「月」とは認識される側の存在である。

「月」の存在は認識された結果としてのそれでしかなく、「月」そのものの存在は滅却される。逆に「太陽」とは、認識されることによって初めて存在するものではなく、それ自体において既に存在し得るものだということになろう。これは、平塚が探求していた「永遠なるもの」に極めて近似的なものと言える。しかし、平塚が「太陽」なる概念に与えた役割はそれだけではなかった。

今、私は神秘と云つた。併しともすれば云はれるかの現実の上に、或は現実を離れて、手の先で、頭の先で、はた神経によつて描き出された拵へものゝ神秘ではない。夢ではない。私共の主観のどん底に於て、人間の深き瞑想の奥に於てのみ見られる現実其侭の神秘だと云ふことを断つて置く。

私は精神集注の只中に天才を求めやうと思ふ。

天才とは神秘そのものである。真正の人である。

天才は男性にあらず、女性にあらず。

男性と云ひ、女性と云ふ性的差別は精神集注の階段に於て中層乃至下層の我、死すべく、滅ぶべき仮現の我に属するもの、最上層の我、不死不滅の真我に於てはありやうもない。[31]

人間は知らず識らずのうちに「社会」一般で当然視されている認識枠組み（「男性」「女性」など）に当て嵌めることで「我」を認識している。そうした認識枠組みを無批判に受け入れている人間は、所与の言葉と、それに付随する「社会」の価値規範に支配されているという点で、「真正の人」「最上層の我」、すなわち「太陽」としての「自分」を忘れてしまっている。「太陽」たるためには、そうした「我」意識を一つひとつ剥がしていったところに残る、言葉によって語られる以前の存在としての「我」に到達しなければならない。

ここで注目すべきは、平塚が「月」を照らす側、すなわち他者を語る側の存在としての「太陽」を肯定していることである。そして、みずからの語りを徹底的に反省し、所与の言葉に対して徹底的な批判精神を獲得した地点（「主観のどん底」）において語られる言葉ならば、人々がみな共有し得る「現実其侭」の表現が可能だと言うのである。このことは、その本質において暴力的たらざるを得ない他者認識を、「余裕があつて自ら観得る」場合において「客観」だと見なしてよいと肯定した「小説に描かれたるモデルの感想」の論理と通じている。ここで、「高原の秋」において「社会我」を獲得し得ない「自分」を侮蔑していた平塚を、そして「平塚明子」たることを曲がりなりにも否定しなかった平塚を想起したい。つまり平塚は、絶えざる反省を伴った形での「主観」による認識を肯定しているのである。

ここに、「太陽」に込められた平塚の二つの思いが認められる。「元始、女性は太陽であつた」という平塚のメッセージは、我々はそもそも言葉によって語られる以前の存在なのだと言うことによって、「社会」に通用する言葉に無自覚に泥んでしまう人々に警鐘を鳴らそうとする、すなわち、自他の語りについて不断の脱構築を迫ろうとする思想闘争の宣言だった。そして同時に、それでもなお語りあい、理解しあうことを諦めない人間の営為に対して、ぎりぎりのところで信頼する余地を残そうとした。人々が不断の反省の末に「太陽」として語る主体となったとき、きっと人々は通じ合うことができる。本当にそうなるかは問題ではなく、そうなると信じることによって、ようやく平塚はよりよく語るという終わりなき道程へと、その歩を進めることができるのである。

「太陽」という超越的な存在によって刹那的に自他の乖離を止揚させてしまうあり方は、まさに綱島の見神体験に符合する。竹内整一氏は綱島が見出した「超越」について、「必ずしも全的に達成されるべきものとは捉えていない……個と普遍との有機抱合関係が想定されていようとも、個は個として普遍に埋没・解消されえない」とする。見神体験にしても、それは綱島曰く、結局「刹那」における「合一の至福」であって、個人の孤独が全的に解消されることがないのは「実に悲しむべきの事実」であるが、一方で「自家意識の全を尽くす」という意味で「個としての自己の個人性に対する積極的な承認を含むもの」でもあったと言う[32]。平塚が望んだ自他認識の語りに対する不断の脱構築の要求と、その果てにおける主観的な自他の語りへの肯定も、確かに相互に矛盾している。しかし、「太陽」という超越性との合一を将来的に希望しながら、今この時に言葉によって分節化され立ち上がってくる世界に対して出来うる限りの批判精神を持つという意味において、この矛盾は許されない矛盾ではなく、寧ろ実際的な行動規範として用を為すことになる。この点で平塚の思想は、綱島の思想を継承しながら、言葉の政治性に対する実際的な闘争原理へと発展させたものだと考えられる。

平塚は「自分」が言葉によって語られる以前の存在―何者でもない者―であることを主張しながら、「私は無位無官の人間としての父の子と若しなることを許されるならばなりたいのだ」と言うように、「自分」

が「自分」以外の誰かにとって何者かであることを願っていた。前者の欲求は自己の純然さを守ろうとするものであり、後者の欲求は言葉の暴力性を絶えざる反省のもとに制御することによって自他が共生しようとするものである。この二つの互いに反対を向いたモメントは、これ以後の平塚の思想展開を規定するものとなっていったのである。

四、何者でもない者と国家

みずからを何者でもない者であると考えることと、何者かでありたい者であると考えることとは、互いに矛盾する平塚の思想的欲求である。これらの欲求は、いずれも自他認識における言葉と、その言葉に付随する所与の「社会」の規範に対する相対化という志向を持っていた。そのことは、『青鞜』誌上での論説にどのように現れていたのか。

『青鞜』の創刊は一九一一年である。平塚は一九一三（大正二）年一月には『中央公論』に「新しい女」を発表し、文字通り「新しい女」の代表として存在感を放つようになっていた。一九一三年に入ると、文部省は所謂「良妻賢母」に反する言説の取り締まりを決定し、それに基づき『青鞜』の同年二月号、『女学世界』の同年五月号が発禁処分を受けていた。平塚自身も同年五月、その第一評論集『円窓より』が、やはり反「良妻賢母」的だとされた論考「世の婦人たちへ」を収録しているために発禁処分を受けている。与謝野が大逆事件に少なからず衝撃を受けたように、平塚もまた『青鞜』同人として、また一言論人として、唯一絶対の「公」を称する大日本帝国に対して、何らかの態度表示の必要を迫られることになった。

発禁処分を受ける原因となった「世の婦人たちへ」において平塚がまず述べようとしたのは、平塚ら「新しい女」に対する「世の婦人たち」の無理解さについてであった。平塚は「あなたや青鞜社の方々は独身主義で入《ママ》らつしやいますか」[33]と頻繁に尋ねられることについて、辟易した口調で次のように述べている。

私共は何も敢て総ての婦人に向つて独身主義を主張するものではありません、—独身主義だとか、良妻賢母主義だとかいふやうなそんな主義争ひをするやうな、閑日月は有つて居りません。私共は今在来の婦人の生活を根底から疑つて居るのです。[34]

「独身主義」「良妻賢母主義」といった言葉でしか自分たちの「生活」を表現し得ないとすれば、それは所与の言葉と、それに付随する価値規範に服従するものである。「在来の婦人の生活を根底から疑っている」という姿勢は、純然な自己を守るために何者でもない者であろうとする平塚の思想的欲求に繋がっている。そして、何者でもない者であろうとした平塚が行ったのは、「社会」から売られた喧嘩を積極的に買うことだった。

我々が曽て植物だつた時、又動物だつた時、我々は自然の圧迫の外、何の圧迫も知らなかつた。我々が未だ意識的にならなかつた時、教育といふ美名の下に有意的に、又無意的に伝来の思想感情はその侭、無垢な心に、何等の疑問の選択も、批判も研究もなく無造作に植え付けられ、そこに根を下した。社会の風習、常識、輿論などゝ称する肥料は日夜に供給せられ、かくていつしか根ざし深き頑強な幹ある大樹となつた。

我々は初め其大樹を真の我だと少しも疑はなかつた。その時我々は内外に何の敵も、圧迫も有たなかつた。併し、真の我はさういつまでも大樹の下に、僭王の脚下に安眠を貪つては居なかつた。[35]

平塚は自己を探求するにあたり、外的な「圧迫」以前に、在来の女性がみずから「自分」を封殺する「内なる圧迫」を知らず識らずのうちに持ってしまっていたことを指摘する。この「内なる圧迫」を解消することが自己探求の第一段階だった[36]。しかし、「内なる圧迫」という第一の敵との対決は、「外なる圧迫」という第二の敵の前哨戦ではなく、むしろ自己探求は常に「内なる圧迫」との対決と共にあると言ってよかった。なぜなら、「外なる圧迫」は「社会の風習、常識、輿論」を「教育」することによって、常に「内なる圧迫」を作り出そうとするからである。

したがって、この「内なる圧迫」との対決に自覚的であり続けるためには、むしろ「外なる圧迫」との対決を積極的に求めていく方がよいという発想が生じる。

近頃我々の上に頻りに加へられたる種々なる圧迫もこれを全体より見ればその結果は却て新しきものの生育上に慮外の幸を持ち来すものかも知れぬ。

且又我々の群の中に弱きもの、或は真正なる内的生命と内的要求とに出でざるものある場合、これを淘汰し、その自滅を速ならしめ、只強きもの、真正なるもののみをして内外の圧迫を通じて益々其根ざし深き内的生命の力を発現せしめる上の一手段とならぬとも限らぬ。

斯くの如くして、それ自身何等の正当なる根拠も、理由も、従つて価値も意義もなき是等の外的圧迫も間接に我々新しきものの勝利を証明し、且その発展を利するが故に、新しきものによつて僅に新しき価値を付与された訳である。
　我々が種々なる形をとつて現れ来る外的圧迫を只馬鹿々々しきものとして一笑に附し去らないのはこれあるが為である。[37]

　平塚にとって「外なる圧迫」との対決は、「内的生命の力を発現せしめる上の一手段」としてむしろ積極的に望むところとなった。「良妻賢母」であれなんであれ、何者でもない者であろうとする欲求を「社会」が封殺しにかかってくることを、平塚はむしろ戦略的に奇貨としたのである。

　このように「社会」から売られた喧嘩を買ったところ、平塚は大日本帝国から言論封殺を受けることとなった。「社会の風習、常識、輿論」を「教育」することで、本来の自己をみずから封殺する「内なる圧迫」を人々に植え付けようとするのは、「独身主義だとか、良妻賢母主義」を振りかざしてくる既存の「社会」や、それを権力をもって押し付けてくる「公」としての大日本帝国だった[38]。

　平塚が望んだ、何者かでありたい者と何者でもない者という二つの思想的モメントは、少なくとも『青鞜』における対外的な言論活動においては、後者のみが発揮されることとなった。何者かでありたい者であるというもう一つのモメントによって、既存の「社会」ではない、自己に適した新たな公的秩序を模索することは、今後に俟たれることとなったのである。この点において平塚は、「「仮面」の生活」を強いる「祖国」を拒否し、「私」的個人であることに引き籠もった渡欧以前の与謝野と同じ地点に立っていたと言うこともできる。

この後、与謝野が与謝野なりの公的秩序の模索を始めたように、平塚も平塚なりの公的秩序を模索し始める。そして、二人が獲得した「私」的な個人としての自己のありようの違いは、二人が目指した公的秩序の違いとして次第に現れていく。平塚なりの公的秩序の探求は、次章以降であらためて論じることにしよう。

註

1　米田佐代子『平塚らいてう―近代日本のデモクラシーとジェンダー』吉川弘文館、二〇〇二年。

2　たとえば米田前掲書は、「らいてうはその一貫した「反近代性」や「非合理主義」によって、現存するいっさいの支配秩序（近代国家がつくり出した近代的合理的秩序）に反逆した。しかしそのような批判精神は、いわばたたかう相手としての国家権力そのものが、自ら「反近代的」で「非合理主義」的な立場―つまり「皇国史観」にもとづく支配イデオロギー―に立ったとき、文字通り〝からめとられる〟可能性をはらんでいったのである」（二三八〜二三九頁）と論じている。また、西川祐子「一つの系譜―平塚らいてう、高群逸枝、石牟礼道子」（脇田晴子編『母性を問う』下、人文書院、一九八五年）なども参照。女性史研究におけるこうした自己批判的な議論の背景には、近代日本における主要な女性思想家が、なぜ昭和戦中期にファシズム体制に迎合するかのような言動をしていたのかという問題関心があり、かつその上で、それを転向や変節を強いられたためだとは考えず、あくまで主体的な思想的営為の結果だと見る「「被害者史観」から「加害者史観」への女性史のパラダイム・チェンジ」がある（上野千鶴子『ナショナリズムとジェンダー』青土社、一九九八年、三八〜三九頁）。

3　日比嘉高『〈自己表象〉の文学史―自分を書く小説の誕生』（翰林書房、二〇〇二年）など。

4　たとえば飯田祐子氏は、明治四〇年代以降に生起した「文学」領域の男性ジェンダー化の中で、平塚はそうした政治的な規範性を相対化する言説主体であったとしている（『彼らの物語―日本近代文学とジェンダー』名古屋大学出版会、一九九八年）。

5　川口さつき「明治後期における青少年の自我主義―平塚らいてうと藤村操」（『ソシオサイエンス』一五、二〇〇九年）など。

6　ここで用いる平塚の自伝は、『わたくしの歩いた道』（一九五五年、新評論社、引用は日本図書センター刊行版、一九九四年）、『元始、女性は太陽であった―平塚らいてう自伝』上巻（大月書店、一九七一年）。

7　前掲日比など。

8　前掲『元始、女性は太陽であった―平塚らいてう自伝』上巻、七頁。

9　同右、三一頁。

10　同右、三三頁。

11　平塚の育った環境が、序論でも述べたような意味での近代的な私的領域としての「家庭」であったことは指摘できるだろう。

12　前掲『元始、女性は太陽であった―平塚らいてう自伝』上巻、三五頁。

13　同右、五八頁。

14　前掲『わたくしの歩いた道』、四一頁。

15　「永遠なるもの」という表現は、たとえば日本女子大学在籍時代における成瀬仁蔵の説く「実践倫理」への違和を語る際に現れる。平塚は「私も（成瀬）先生の情熱に打たれて、実証哲学と取り組んでみましたが、結局得たものは、私の内部にひそんでいる浪漫的な理想主義の若い魂が、人間の精神の高揚をゆるさぬ経験主義に満足できないということでした」（前掲『わたくしの歩いた道』、四〇頁）と回想している。

16　前掲『元始、女性は太陽であった―平塚らいてう自伝』上巻、一一九～一二〇頁。

17　平塚の思想形成において父親との葛藤が大きな意味を持ったことはしばしば指摘される。たとえば前掲米田では、こうした父親の官僚的な「変節」に、西洋近代化から復古主義に変じていく「近代日本」のあり方を重ね合わせ、これが平塚の「反近代」的思想の基底となったとしている。

18　綱島栄一郎（梁川）「予が見神の実験」『新人』第六巻第七号、一九〇五年七月、一二頁。

19　前掲『元始、女性は太陽であった―平塚らいてう自伝』上巻、一八七～一八九頁。

20　呉聖淑「せめぎあう明子（平塚らいてう）像―〈煤煙事件〉のメディア言説を中心に」（『日本語と日本文学』四一、二〇〇五年）を参照。また、平石典子氏は、当時イプセン劇の受容を通して、「作中の人物を拾い上げて、これは日本にもいる、こういうのはいない」というような、造形化された人間のあり方を前提として実際の人物を批評するような議論が行われていたこと、その延長上に塩原事件をめぐるメディアの言説も存在することを指摘している（『煩悶青年と女学生の文学誌―「西洋」を読み替えて』新曜社、二〇一二年、六〇～六一頁）。

21 『時事新報』一九〇八年三月二七日。

22 「高原の秋」は信州滞在中に執筆され、その後「少しばかり手を入れた」（前掲『元始、女性は太陽であった―平塚らいてう自伝』上巻、二五六頁）形で『青鞜』に掲載された。

23 平塚「高原の秋」『青鞜』第一巻第四号、一九一一年一二月、五一頁。

24 同右、五四頁。

25 江種満子氏は、信州滞在中に平塚が詠んだ連作短歌「憂愁」を検討し、超越的なものに包容される自己と、超越性に至れない孤独な自己への不安という二つのモチーフが同時に詠まれていることを指摘し、やがて平塚の思想は前者のモチーフに沿って、超越性に自己の閉じた輪郭を解消していく方向へ進んだことを指摘している（『わたしの身体、わたしの言葉―ジェンダーで読む日本近代文学』翰林書房、二〇〇四年、一五八～一五九頁）。また、岩見照代氏も、「太陽」を掲げる平塚に「二元論的世界を止揚」せんとする「ロマン主義的神秘主義」を認めている（「平塚らいてうと神秘主義」『『青鞜』を読む』学芸書林、一九九八年、三九三頁）。しかし、そうした超越性への志向は、現実における個人の孤独意識を前提とするものだろう。本書で考えたいのは、少なくとも一個の自律的な人間としての立ち振る舞いが求められる現実世界において、そうした形而上的探求が実際的な行動規範としてどのように具現化するかという問題である。

26 平塚「小説に描かれたるモデルの感想」『新潮』第一三巻第二号、一九一〇年八月、六七～六八頁。

27 同右。

28 このことの補足として、晩年の平塚は、「煤煙」を執筆する森田に対して次のような感情を抱いていたことを述懐している。「わたくしはそれ〔―「煤煙」〕が作品として立派なものであってほしい、いえ、それよりも先生〔―森田〕がなにものにもとらわれず、思う存分、全心全力を出しつくして、「本気」で「一生懸命」にこの仕事に取り組んでほしいと願っていました。先生に、わたくしの体面をまもってもらう必要なんか全くない。……先生は、「一生懸命」とか「本気」とかいうことを、まだ自身で生活体験したことのない人だ」（前掲『元始、女性は太陽であった―平塚らいてう自伝』上巻、二五八～二五九頁）と。こうした姿勢は、平塚がみずから塩原事件を描いた小説「峠」でも、「人を欺く―同じ人を欺くにしてももつと真実がなければ嘘だ。まづ何より先に自分自身が腹の底からそのものになつてかゝらなければ。自分の心と体軀の全てをあげて欺く丈の人間としての根本の真実と自由がなければ。さうなればもう欺くのではない。自分の力で―人格の力で人を動かすのだから、偉大なことだ、善悪の批判を許さない立派なことだ」（『時事新報』一九一五年四月二一日）のような一節に認められる。この時の平塚からすれば、誠実に他者を描こうとするなどそもそも無理であり、迂遠な努力だと思われたのだろう。それよりも、語り手の強い意志によって強引に他者を切り取ってしまう方がよほど潔く、そこには「善悪」の彼岸としての「真実」があると言うのである。

29　たとえば前掲飯田では、平塚が塩原事件を描いた小説「峠」が、「テクスト自体が解釈の闘争の中に置かれていることに自覚的なテクスト」（一二二頁）であるとする。これに関連して、たとえば高橋重美氏は、平塚をはじめ雑誌『青鞜』における、他者を〈読む〉者としての「主体」のあり方が、「自身のコードで対象を切り取り、意味付け、判断し、価値付ける超越的な〈読む〉主体」であるとし、そこから小説「煤煙」に登場する「朋子」についても、「他者を強固に排除して」みずからの「コード」を絶対化するという「自立した閉鎖性」を持った「超越的な判断主体」になっているとして、同じく「煤煙」に登場する「要吉」（森田をモデルとした人物）の独善的な世界の切り取りと、その根本においては「何ら変わるところはない」とやや批判的に指摘している（「〈読まれる〉者から〈読む〉者へ―「煤煙」・朋子の手紙に見る新しい女の主体定立過程」『日本文学』四七‐六、一九九八年）。しかし、飯田氏が「峠」を「解釈の闘争の中に置かれていることに自覚的なテクスト」だとしたように、高橋氏によるそうした指摘は、おそらく平塚自身が既に織り込み済みだったのではないか。氏の言葉で言えば、〈読む〉という行為における主体が、悲しむべきかな、結局は「超越的な判断主体」たらざるを得ないということが、平塚の思想の孤独な出発点だったのだろう。そのため平塚は、森田による「自分」への語りの内容を否定したとしても、森田が「自分」を語る行為自体は否定しなかった（前註）。みずからが「超越的な判断主体」たらざるを得ないのであれば、他者に対しても「超越的な判断主体」であることを尊重しなければ誠実ではないからである。

30　平塚「元始、女性は太陽であつた。―青鞜発刊に際して」『青鞜』第一巻第一号、一九一一年九月、三七頁。

31　同右、三九頁。

32　竹内整一『自己超越の思想―近代日本のニヒリズム』ぺりかん社、一九八八年、一二〇～一二三頁。

33　平塚「世の婦人達に」『青鞜』第三巻第四号、一九一三年四月、一五六頁。

34　同右、一五八頁。

35　平塚「居ある窓にて」『青鞜』第三巻第六号、一九一三年六月、一一六～一一七頁。

36　同右。

37　同右、一一八～一一九頁。

38　「居ある窓にて」で平塚は、「民衆と政府とは相対峙するものである。併し社会に於ける新しきものの出現は両者をまた常によく合同させる」（同右、一一六頁）と、「政府」と「民衆」の共犯性を指摘している。

第五章　連帯の思想—青鞜社から新婦人協会へ

前章で述べたように、『青鞜』創刊からその直後の平塚は、何者でもない者としての自己を探求するべく、所与の言葉による自他認識と、それを強要する「社会」や、その「社会」と結託した「公」としての大日本帝国に対して、反抗的な姿勢を見せた。平塚は何者かでありたい者として自己の存在も知っていたが、少なくともその段階においては、既存の「社会」に代わる新たな公的秩序を模索するには至っていなかった。

しかし、『青鞜』での活動を通じて女性言論人としての地位を確立した平塚は、やがて青年期の哲学的な思索から離れ、実社会的な活動の方に力を入れるようになる。本章で検討するのは、『青鞜』での活動と、『青鞜』の次の活動となった新婦人協会での活動である。

一九一九（大正八）年に平塚が市川房枝らと立ち上げた新婦人協会は、治安警察法第五条修正を実現するなどその実績には歴史的な評価がある。しかし、新婦人協会での平塚自身の活動については、消極的な評価がつきまとっている。平塚は治安警察法第五条修正という歴史的成果をあげる前に、極めて個人的と思われる理由で新婦人協会の活動から離脱していた。さらに、自身の離脱に併せて協会自体の解散を強く迫った。その行動は勝手我が儘であるとして、当時から今日に至るまで、社会運動家としての未熟さを指摘されることもしばしばだった。たとえば松尾尊兊氏[1]は、初期の協会の活動が混迷した原因について「平塚こそが、政治的・大衆的団体生活に不向きな、自己中心的な人間」[2]だったからだと切り捨てている。近年でも、女性史研究の側から米田佐代子氏が、平塚の同協会での目標が「母性の権利」の護持だったとその思想的意義は認めつつ、「「自己中心的」と評される言動と優性主義への傾斜は批判されるべき」[3]だと松尾氏の評価については継承している。

ここで注目するのは、その「自己中心的」とされる言動である。結論的に言えば、極めて個人的な理由で新婦人協会を離脱、さらに解散を提起した平塚の行動もまた、平塚なりに自身が望む公的秩序を模索した結果だったのである。前章で述べたように、何者でもない者と何者かでありたい者という二つの自己のモメントは、平塚の自他関係における倫理的思索を深めさせていた。そこで獲得された平塚の倫理観は、『青鞜』の活動においてその実践性が培われ、新婦人協会の活動に対する基本姿勢を準備するものとなったのである。

一、個人を越えた集団の発見―「私達」の成立と終焉

（一）青鞜という社会

前章で論じたような、自他認識における所与の言葉への懐疑と、それに付随する既存の価値秩序（「社会」）への相対化は、まず雑誌『青鞜』において実践されることとなった。平塚は『青鞜』という場に生じた連帯を足場に、その内（―『青鞜』）と外（―「社会」）を差異化することで、既存の価値秩序一般を相対化していく戦略を採っていた。そのことについては他の諸研究でも指摘される[4]。しかし、自己の純粋性を絶対視し、何者でもない者であろうとする平塚の場合、いかに『青鞜』内部であっても、そこは他者が集う場となろう。『青鞜』もまたその内部に、何らかの「社会」を持つのである。ここで考えたいのは、集団の内外に対して同質化や差違化をはかる際の倫理性である。

中山清美氏は『青鞜』の巻末記事「編輯室より」に注目し、深夜まで飲酒に及んだ一九一二（明治四五）年の青鞜社新年会の様子が『青鞜』第二巻第二号（一九一二年二月）で紹介されて以降、同欄が『青鞜』同人による内輪の世界と化していくことを次のように指摘している。

「編輯室より」は、思うところを大胆に述べると同時にこうした青鞜社員だけがわかるような楽屋話的なとりとめのない事柄を羅列し、たわいない仲間同士の悪口の言い合い、茶化し合いといったものを伝えていくという実に不思議な場になっている。[5]

そして、こうした『青鞜』の内輪化と、平塚が樋口一葉を「旧い女」として切り捨てたことはパラレルな現象であり、平塚は『青鞜』という場での連帯を軸に「新しい女」なる存在を立ち上げていったのだと中山氏は指摘する[6]。

外に対して差異化を図ることは、内に対して同質化を図ることでもある。しかし、「新しい女」や「旧い女」にしても、所与の言葉によって自他を認識していることには違いない。何者でもない者であることを望んでいた平塚はなぜ、自身や『青鞜』同人に「新しい女」であることを課し、また樋口一葉に「旧い女」というレッテルを貼ろうとしたのだろうか。

最初に検討するのは『青鞜』第二巻第七号（一九一二年七月）での田中王堂に対する評論である。つまり、『青鞜』の外部に対する評論である。

自分は氏が常に人生を有機的に、関係的に、発展的に観察し、社会的に、具体的に、作用的に推論する態度を多とし、又これが近き過去に於ける思想界学術界の趨勢、特色なることを認めぬものでもないが、併し全然客観的な説明、之れが何であらう。それがいかほど巧妙な又大仕掛なものであらうとも、あらゆる人生の事相がいかに有機的関係を有つて整頓し、調和し、統一されてゐやうとも、我々はそれを見せ付けられた時成程と感心する丈である。それ以上の何ものもない。……

自分は徒らに社会の人生のと《ママ》入口の広さ大さを望むよりも只管に自我を深く観察し、研究し、批判した哲学に出逢いたい。……

氏の世界は知的計算の世界である。従つて氏は情的評価に対する真正の理解同情を有つてゐない。氏の世界は何程拡大せられやうとも関係によつて成立する世界である。物自身に就ては何事も知られてない。

氏は如何なる場合にも一事一物を絶対として見ることのできぬ人である。[7]

ここで平塚は、田中の世界認識が「関係によつて成立する世界」であり、「如何なる場合にも一事一物を絶対として見ることのでき」ないことを問題視する。個の絶対性を知らずして、これを全体の関係性の中で捉えようとする田中は「功利主義者」[8]である、と。個人をそのものとしてではなく、全体の「関係」においてのみ認識することは、何者でもない者であろうとする平塚が許容することではなかった。

「……過去の道徳も、制度も、習慣も、見解も一切尚ぶに足らず、敬するに足らずと豪語した自然主義が遂に道徳よりも、制度よりも、習慣よりも、見解よりも尚ほ旧くして朽ちたる宗教に頼らなければ人生の解決はつかぬと見越しを付けるのは如何にも辻褄の合はぬ話ではないか。世に之より甚しき時代違ひがまたとあらうか。」と〈田中は島村抱月を批判するが〉……抱月氏その人の言説、又はかうした言説を発せしめた其気分、心持を全く理解しないうや《ママ》な頓珍漢な理屈を入念に説いてゐる。全然相違する二者の三《ママ》脚地から明かにしてかゝらねば、此自身の思想を発表するだけが目的なら知らず折角の批評も批評となるまい。いかに手きびしく弁難攻撃しても相手の心には案外響くまい。[9]

このように平塚は、島村抱月を批判する田中を批判する。島村の言葉には、余人には知れない島村だけの個人的な事情、心情がある。そうした個々の差異を自覚するところから始めなければならないと言う。島村抱月は「宗教に頼らなければ人生の解決はつかぬ」と考え、田中王堂はそれを批判した。平塚はその田中を批判するのであるが、かといって平塚は島村に同調しているわけではない。個々の差異を自覚するところから始めると言う以上、自他の乖離は基本的には前提化されている。平塚は、超越的な存在によって自他の差異を止揚してしまわず、あくまで相互に乖離する個と個の対峙を前提に考えようとしていた。このことは、「主観」による他者認識を否定しなかった「元始、女性は太陽であった」に通じている。「元始、女性は太陽であつた」は、自他の乖離という問題を「宗教に頼」ることで弁証法的に棚上げするのではなく、あくまで認識主体として個人の孤独と向き合おうとするものなのである。

主体が客体を認識するといういわゆる近代的な認識論の構図は、ややもすれば、主体の認識する世界が単にその人間だけの主観的な所産に過ぎなくなり、他者と共有しうる世界認識を喪失させてしまう。このことがもたらした知識人の孤独やニヒリズムが、明治四〇年代以降の思想や哲学をして、かかる認識主体の孤独を克服し、共同性を再度模索する方向へと進ませたことは夙に指摘されるところである[10]。西田幾多郎が『善の研究』（一九一一）で主張した「主客未分」の状態を示す「純粋経験」、また前章で平塚への影響関係を論じた綱島梁川の「見神」も、こうした問題意識を背景としていると言えよう。綱島に心を動かされ、また西田のように禅に取り組んだ平塚も、いわゆる近代的自我の孤独に陥った一人だった。「宗教」は近代的自我の孤独に陥った個人にとって、魅力的な自他関係の弁証法だった。

たとえば、西田の「純粋経験」概念の曖昧さを指摘した高橋里美は、一方で「深い宗教的根底を有する点において、これに類似する科学的倫理説と根本の見地を異に」する西田の試みには「独創的価値を認める」[11]としていた。「科学的」な世界認識のあり方はあくまで主体と客体という二元論的な認識枠組みが前提であり、主体と客体を止揚せんとする試みは「宗教的」な世界認識とされた。高橋が西田の「独創」を評価しながらも結局は疑義を呈したように、西洋近代の「科学」を知った者にとって、「宗教的」な世界認識は魅惑的でありながら容易には近づきがたいものだった。綱島の「見神」が大きな反響を呼んだこの時期の「宗教」ブームには、かかる思想的焦燥がある。

綱島の「見神」体験に非常な関心を抱き、また禅にも取り組んだ平塚も、近代的自我がもたらす孤独から逃れる道を、一時は「宗教」に求めたのかもしれない。したがって、「宗教に頼」ろうとせず、自他の乖離を前提に、「主観」に基づいたよりよい他者認識を主張した平塚には、個人の孤独を受け止め、あくまで他者との対話によって行き詰まりを克服しようとする思想的な粘り強さを認めてよい。

しかし、そのように考えるのなら、島村抱月を批判する田中王堂にもそれなりの「気分、心持」があるということになる。つまり、田中に対する平塚の言葉は、島村に対する田中のそれと同様、「自身の思想を発表するだけが目的」で「相手の心には案外響くまい」という批判を受けなければなるまい。

筆を擱くに当つてこんな無法なことを氏に対して言つたことを今更のやうに恐れてゐる。[12]

平塚は田中への評論の末尾をこのように結ぶ。個の絶対性を前提にすると、議論は終わりのない価値相対主義に陥り、評論という行為はそもそも成り立たない。平塚はそれを分かった上で実践し、みずからの不遜を自己批判する結果に終わっているのである。「宗教に頼」らない他者との対話を試みた平塚の思想的粘りは、しかし、容易にはその方法論を見出せなかったようだ。

こうした評論の不可能性に、平塚がわずかな出口を見出しているのは、『青鞜』の内部の存在である荒木郁子の小説「火の娘」への評論である。

氏の創作の将来を祝福する心から此処では特にその悪い方面に力を入れて出来る丈忠実に、そして無遠慮に述べることにしたい。作者たる氏が承知して下さるか下さらないかは分らないとしても。[13]

この評論は、相手への批判の後に自己批判で筆を擱くという田中王堂への評論とほぼ同様の展開になっている。異なっているのは、冒頭に右のような断り書きが付されていることである。平塚は、田中に対する評論が「不法」であったのと同様の結果になる懸念を承知の上で、敢えて荒木に対し「無遠慮に述べる」と言う。

どうも物足りないやうな、不自然なやうな、何処か嘘つぱちなやうな、気まぐれなやうな力弱さを覚えるのは何故であらう。思ふに氏の作品の上に現はれたこの可成り大きな根本的な欠点はやがて氏の人格そのものにありはしないか。……才あるものはとかくその才のみをたのむで自己の経験を軽んずる弊があるものだが、氏も亦その一人に洩れないらしい。才をたのむで小説をものする氏に、自己の或経験に思ひを潜め、その経験をしつかり把握して、深い内省を経た後それを再現せよなどゝ望むのは、望むのが不明だと笑はれるかも知れないけれど、私は特に氏にむかつて切にそれを望むのである。何故なら氏は小さな空想に生きる何の実生活上の経験も有たない令嬢作家や家庭生活の外何ものも知らない奥様作家とは違つて、年こそまだ若いけれど様々な現実に面接して、多くの経験を有つてゐる婦人なのだから。さういふ婦人作家たる氏であつて、その得難い、貴い、多くの経験に意味と価値とを与へることをしないで、随分お粗末にそれを取扱ひ、指の間から滑るがまゝに滑り落さしてゆくやうに思はれるのはいかにも残念だからである。[14]

最初から御断りはしておいたがあまり悪いことばかりを言い過ぎたやうな気がして筆を擱くに当つて何だかおそろしくなつて来た。[15]

平塚の批判は「無遠慮」にも荒木の「人格そのもの」にまで及ぶが、併せて荒木への具体的な期待も示される。自分の言葉が荒木の「心には案外響く」ことを期待し、対話の成立を信じてみようとしていると言えよう。それは他でもなく荒木を「祝福する心」に拠るのであるが、荒木の心に踏み込む平塚の足は恐る恐るである。

平塚は後に『青鞜』創刊時を振り返って、次のような初発の感動を記している。

岩野清子氏唯一人から（氏は当時大阪にゐられた、そして私にとつてはまだ全く未知の人であつた。）誠意と同情と涙ある書を寄せて私を励まして下さつた丈だつた。（尤も私から手紙を出したのだが）氏のこの手紙は私にとつて今も忘れ難いものである。[16]

平塚にとって『青鞜』という場は、初めは「全く未知の人」でも「誠意と同情」によって相互に対話が成り立ち、切磋琢磨できることを、恐る恐るではあっても勇気を出して信じることができる空間となったのだろう。そして、勇気ある一歩の踏み込みを可能としたのは、日々の生活でとりとめのない笑いをともにし、似たような境遇をともに憂い、似たような怒りによって気焔を上げ、酒を酌み交わしながら時に遊びふざけ、時に語り合うというような、日常的で直接的な確認作業だったのではないか[17]。

平塚が青鞜社に集った人々を「新しい女」として囲い込み、外部との差異化を押し進めたのは、荒木への評論に見せたような、『青鞜』内部における他者への期待と不安によるものだと考えられる。このように書くとエゴイスティックな自己防衛のようであるが、そのような評価は当たらない。『青鞜』に対する世間のゴシップ的な悪評は、尾竹紅吉のような当初は「未知の人」であり、特に平塚を慕っていた後発のメンバーの言動によるところも多かった。そして、平塚が「自分は新しい女である」（一九一三年一月）と名乗ったのは、『青鞜』外部の「社会」をまさに代表する『中央公論』においてだった。つまり平塚は『青鞜』を代表して、外部「社会」に対峙する矢面に立とうとしたのだとも考えられる。平塚は平塚なりに、『青鞜』における愛すべき他者たちに対し、期せずしてイデオローグとして立ってしまった者としての責任を果たそうとしたと見るべきだろう[18]。

『青鞜』内部の人々は、本来的に同質ではない他者、すなわち、互いに何者でもない者だった。それにも拘らず、平塚は同人に対して「新しい女」であることを求め、それを自身にも課していたのである。仮に『青鞜』が外部の「社会」に対して閉ざされた空間だったとしても、平塚にとっては、個人を越えた不特定多数との連帯の可能性に対する期待と不安をもたらし、それ故の日々の努力や責任ある行動が求められる場所だった。つまり、『明星』が与謝野をして、与謝野なりの公的秩序の責任主体たらしめたように、『青鞜』は平塚にとっての公的秩序であり、平塚はそこにおける責任主体だったのである。

（二）伊藤野枝との往復書簡

平塚は、本来相互に不可知であるはずの個人が語り合い、連帯し、理解し合う公的秩序の可能性を、『青鞜』という場において知った。しかし、それには日常における不断の確認作業の努力が求められる。平塚は後に『青鞜』での活動を振り返った際、「私達が（少くとも私が）その信条として、主張したところは」[19]とその意義を述べているが、ここでは「少なくとも私が」という一言によって、「私達」という連帯が「私」一人の勘違いだった可能性を留保している。これは自分以外の「私」の存在を無視してはいないという倫理的理由による留保だと考えられる。「私」による「私達」という僭称には、前節で述べたような不断の連帯の確認が必要であり、それは「私」が「私達」を名乗る手前の段階で、他の「私」がその絶対性故に本質的には不可知であることへの謙虚さを要請するのである。

しかし、その後の『青鞜』の歴史は、次第に「私達」が「私達」ではなくなっていく過程だった。一九一三（大正二）年の秋以降、『青鞜』の発行を引き受ける出版社が見つからず、青鞜社が直接発行作業を行うようになった。また、経理を一手に引き受けていた保持研子が一身上の都合で帰郷したため、事務的な業務も併せて平塚がほぼ一人で抱え込むことになった。一九一四（大正三）年の六月には青鞜社の事務所が平塚の自宅に置かれ、経理や編集作業、はては広告取りに至るまで、ほとんどの業務を平塚一人がこなすようになった。同年一〇月、心身ともに疲弊した平塚は伊藤野枝に代行を頼み、休養のため千葉県の御宿海岸へ転居する。

ここで検討するのは、『青鞜』の編集を委された伊藤と休養中の平塚との間で交わされた書簡の遣り取りである。結果として平塚は、一九一五（大正四）年の第五巻第一号から『青鞜』を伊藤に譲り渡すことになるが、平塚は同号掲載「『青鞜』と私―『青鞜』を野枝さんにお譲りするについて」でその経緯を詳細に説明した。

平塚は『青鞜』を一手に引き受けた時点での心境について、「私はもつと社のすべてを自分の生活の中へ入れて仕舞はねばならなかつたのだ、社と私とはもつと一つにならねばならぬ」[20]と考えていたと言う。そして平塚は疲弊し、休養が必要となった。平塚は同文中で、休養先に届いた伊藤の手紙をそのまま引用する。以下は、その手紙である。

出来るなら私〔―伊藤〕は十二月号の編輯をお断りしたいとおもひます。とてもわたしのいまの時間では余地がないのですからこんな時間のかゝる仕事をしやうとするのは押がふといのです。あなたのいそがしかつたこともおさつしいたします。私もどうかして続けてやりたいとはおもつてゐますけれども今の処お断りしたいのが七分どほりです。尤もそれがもう少し私の生活とピツタリくつついてしまへばですが今の処この仕事は中ブラリンですからなかなかやりにくいのです。もしあなたがすべてを私共の手に委して下さればもう一度覚悟し直して辻（—辻潤）と一緒に出来る丈けやつて見てもいいともおもつてゐます。……現状のまゝでは誠にやり悪くて困ります。それは重に《ママ》あなたの代理としてやつてゐると云ふ観念の為めに生れる心づかいが一番主になつてゐます。……けれども私の本当ののぞみを云へば矢張りこの面倒な仕事をあなたの生活と一致させることにお努めになる事です。雑誌をすつかりあなたのものにしておしまひになることです。そしてあなた一人の仕事として本気になつて忙しい生活をなさることをおすゝめしたいのです。……もう直ぐに一月号ですしします《ママ》から私は今までの小うるさい情実をきれいにふきとつてしまひたいと思ひます。……きれいにお掃除をして大ぴらにあなたのものになさいまし、それを他人が何と云ひませう。それが当然のことですものだん〳〵に長びくと情実が多くなつて時機が外れてとんだことになりさうな気がします、[21]

伊藤が言う「情実」とは、岩野清子などの先輩にいちいち相談しなければ雑誌編集が進まない（ように伊藤には見えていたらしい）こと、また保持の個人的な（伊藤から見れば「無責任な」）事情による離脱、などを指している。『青鞜』編集にあたってこうした「情実」が有害だと考える伊藤は、編集に関する責任主体を明確化すること、そして、平塚と伊藤のどちらかが、自身の「生活」と『青鞜』の仕事とを一致させることでその責任を引き受けること、の二点を平塚に要求した。

平塚はこれに対して、伊藤に言われるまでもなく、既に「私は私として出来る丈の努力をもつてさうして来たつもり」[22]だと言う。

実際私はどう考へ直してみても雑誌の編輯者又は経営者としての生活に徹底したほんとうの自分の生活を見出すことが出来ないのです。

私はもつと自分の本性に従つて生きたい。そこに私のほんとうの生活があるのだ。私のほんとうの成長があるのだ。慌しい雑事のために私の中の貴い力を放散し、私の生命の中から活力を奪ひ去られでどうしやう。自己を外にして、私の心の中の世界を育てることを外にして婦人問題も婦人の自覚も私にある筈がない。……

けれどまた一方。『青鞜』に対する私の愛は容易に否定することが出来ませんでした。経営や編輯などの雑事に対して何の未練もない私も、こゝまでともかくも育てゝ来た『青鞜』そのものにはなほ多くの未練をもつて居るのです。[23]

「社のすべてを自分の生活の中へ入れてしま」うことができず、さりとて『青鞜』への愛情を絶ちがたい平塚は、結局、伊藤の提案を容れた上で『青鞜』を「譲る」と言う。「今後どんな困難にあつても（伊藤が）『青鞜』に関する総ての責任を最後までひとりでもつて行かれるといふほんとうの決心がおつきになつたのなら私は安心」と述べた平塚は、いったん上京して青鞜社の所有物一切を伊藤に渡し、自宅に置かれていた事務所を閉鎖、「自分の新しい生活」「自分自身のほんとうの仕事」を目指して御宿海岸へと引き上げていった[24]。『青鞜』において平塚は、本来、互いに何者でもない者であるはずの同人たちを、「新しい女」として囲い込もうとした。それは、同人たちそれぞれが持つ自己の純然性を損なう恐れがあるが、平塚はその一方で、『青鞜』同人たちが他者であることに謙虚な畏れを抱いていた。そして、囲い込んだことから生じる責任も、平塚なりに果たしていた。その意味において、平塚は『青鞜』という公的秩序における責任主体だった。そして、その過程で損なわれた平塚自身の純然な自己を回復するべく、『青鞜』の性格が大きく変化したこのタイミングで「自分自身」へと撤退したのである。

以上、平塚が『青鞜』の盛衰の中で学んだのは、公的秩序が成立するための二つの条件である。一つは、人々の連帯には日常におけるたわいのないレベルでの不断の心の交歓が必要だということである。その努力が払われないところで「私達」を名乗ることは、倫理的に許されない僭称となる。これは単に仲良くあるべしということではなく、他者との対話不可能性という当時の思想課題を克服するために見出された、平塚なりの具体的な思想実践だった。二つ目は、「私達」の名において行われる事業が、その内部に存在する多数の「私」の個人的な「生活」を圧殺してしまっては、その事業を「責任」を持って引き受ける人間がいなくなり、結局は事業全体が成り立たなくなってしまうということである。日常において「私」であることと「私達」であることが両立し、その両方を維持するための努力が行い得ること、平塚が『青鞜』での経験から得た公的秩序の成立条件とは、およそそのようなものだった。

二、社会集団の段階構築論

前節を踏まえて、新婦人協会での平塚の言動を考察しよう。平塚は協会を離脱して二年後、「新婦人協会の回顧」と題した文章を『婦人公論』に掲載している。この文章は単なる個人的な回顧ではなく、「私自身の内省を深めると共に、他の婦人運動者達の反省をも、刺激し、更に進んでは今後我が国に新らしく生れ出るいくつかの婦人団体に何ものかを警告する」[25]ために書いたものだと言う。そしてその内容は、市川房枝との間で生じた、性格の相違と極度の多忙による人間関係の軋轢、という一点に尽きる。つまり、市川と平塚の軋轢は単に個人的な問題ではなく、およそ社会集団というものが抱え込まざるを得ない問題を表している、ということだろう。以下では平塚の「新婦人協会の回顧」と照らし合わせながら協会機関誌『女性同盟』の内容を辿り、解散を提起した平塚の意図を考えたい。

（一）「生活」という原点

平塚が新婦人協会構想の実行を決心したのは一九一九（大正八）年だった。その構想とは「先づ社会問題中心の高級な婦人雑誌を出し、それによつて同志を集めることに努め、有力な同志が相当に集るのを待ち、期を見ていろ〳〵な社会運動や、社会的事業を始め、次第に一つの生命ある団体としての完全な組織と統制とを備へたものに育て上げて行」[26]くという順序だった。この構想は資金難のため雑誌創刊の目処がつかず、しかし市川が計画実行を見合わせることに反対であったという理由で、まず「広く社会に同志を求め、資金も多方面に理解者を求めて集めるという方針」[27]に変更することになった。ごく一部の同志と雑誌を作った後に、それを拠点に広く同志を集めるという当初の構想は、『青鞜』の発展過程と同じである。つまり、新婦人協会は『青鞜』の成功とは逆の順序で創設されたことになる。雑誌を先に、広範な連帯を後に、という構想を逆転させてしまったことについて、平塚は「最初の誤り」[28]だったと回顧している。具体的に何が「誤り」だったのか。

構想が逆転した結果、会の創設準備―請願運動（選挙法改正、花柳病男子結婚制限）、治安警察法第五条法律案提出の運動、協会発会式準備、賛同者訪問、宣言・綱領・規約の起草、発会式挙行、研究部設置、選挙応援、議会運動、政治法律部主催の夏期講習会など―に平塚と市川は忙殺されることになった[29]。また「出来る丈多くの所謂名士の同情と後援を得て置かなければ不利だ」ということになり、市川は平塚が奥村博史と籍を入れずに同棲していることの世間体の悪さを問題にしたりなどした[30]。市川は多忙のあまり「言葉も挙動も何となく荒々しくとげだ」つようになり、平塚も「自分達の今迄の努力は額縁ばかりでまだ画のはいつてゐない額のやうな協会に対し、その第一にしなければならない絵を描いて入れるといふ事を忘れて」いるという「空虚を感じ」るようになっていった[31]。

とげとげしくなった市川と、「何かとよく気の付く市川さんさへゐてくだされば自分が三十分や一時間遅刻するのは愚か、出席しないでも会に支障を来すやうな気遣はない」と鷹揚な平塚との関係は、次第に「少なからぬ不快を与へ」合う関係へと変わっていく[32]。やがて機関誌『女性同盟』の創刊準備が滞るようになると、市川は事務所に顔を出さなくなってしまう。市川宅を訪ねた平塚に市川が見せた不機嫌な表情は、「「あなたの顔を見るのも、声を聞くのもいやで〳〵たまらないのだ」と叫んでゐ」[33]るようだった。

そのような態度を見せる市川について、平塚の考えるところはまた違っていた。

淋しい、陰気なさうして気むづかしい性質でありながら、他人の顔さへ見れば独り居の時や、近しいものに対する時とは別人のやうにいつでも快活さうに高々と笑つて、出来る丈の愛嬌を見せてゐるのも、あの人が他人の思はくといふやうな事に対して、自分のやうに呑気でゐられない人である丈、どれ程平生他に対して努めてゐるのか知れないことや、仕事に疲れ切つた心で家へ帰つても、家庭をもたないあの人は、自分のやうに子供達の笑顔や夫の愛によつておのづからに気分が転じられ、心の更新が行はれるといふやうなこともなく、出ても入つても、寝ても覚めても只もう仕事、仕事で、ほんたうに心の休まる時のないことや、それでゐて少くともこれまで自分の二倍以上は働き通して来てゐることなどを思ふと、いかに丈夫だとは言へ、どれほど心身の無理が続いてゐたか、今更のやうに察しられて来ました。[34]

いささか他人事じみた感想であるが、これまでに論じたように、他者は他者であるという建設的な達観は、善かれ悪しかれ平塚のスタート地点である。とげとげしくなった市川を寧ろ「平生他に対して努めてゐる」と評価できる平塚の感想は、他者は他者であるという達観と表裏を為すものでもある。したがって、平塚は二人の関係悪化の原因をどちらかの個人的な資質には認めない。そもそも個人と個人が親しくなることは難しいのであって、組織作りに忙殺されることでその困難を克服するための余裕を持てないことが良くなかったと平塚は考える。

そこから、新婦人協会での活動で生じる心労を癒す私生活の充実が市川に無いことを案じた平塚は、「あの人は休まなければいけない」と考え、骨休めに箱根旅行をするのが良いと言っては自分の判断で勝手に市川の旅費を工面し、かえって市川の神経を逆撫でる結果になった[35]。またあるときには、平塚と協会の評議員だった山田美都が市川を案じて相談し、そのなかで平塚が市川に伴侶がいないことが良くないと言い出すと、同意見であった山田は「私はあの人に結婚をすゝめ」てきたのだと答えている[36]。こうしたことは、市川からすればいちいち不愉快に相違あるまい。

平塚は社会運動の順序として、まず「私」的なレベルで個々が充足することを出発点とし、次いで少数の個人間での関係成熟、やがて不特定多数の結集、という三段階の見取り図を持っていたと思われる。上位の場所で生じる軋轢や不都合は、人間関係の難しさからして不可避的であるため、上位の集団を維持するためにはその下位が充足することが保険として要請される。極めて素朴なイメージではあるが、この構想の一段目と二段目、二段目と三段目の接続は、『青鞜』における「私達」の終焉と成立にそれぞれ対応するものだった。なぜなら、それは「雑誌(—『青鞜』)発行に伴ふ眼に見えぬ雑務のために可成つらい経験」[37]をしたことに基づいていたからである。

そして、下位の場所における「生活」の機能が単なる癒しに留まるものではなく、上位の場所が生み出す思想をその根底において支える精神性の創出にあったことには注意が必要である。協会創設の準備は平塚宅で行われることが多かったが、その際に市川は、平塚と奥村が「物質的窮乏」に無頓着であることを非難する態度をとったという。これは平塚にとって不当な非難だった。

私達は現実の物質生活に於ては、所謂プロレタリア以下の状態に居りながら、その総てに於ては矢張り何としても貴族主義者であるのを免れないのですから、肉体の支持以外に精神生活の要求の上でも物質の欠乏を感じる度合は、実際は所謂「労働階級」の人達よりも、又美に対して無感覚でゐられる市川さん自身よりも却て強いとも弱い筈はないのですから。併し現社会に於て貧乏から遁れようと思へば私共の内部の衝動やいやでも抑へられ、ゆがめられ、いつかは殺されなければなりません。私共の人格は濁され、汚され、傷けられ、そして売られなければなりません。この苦痛は貧乏そのものゝ苦痛よりも私共にとつてどれほど大きいものでせう。私共は貧しさよりも、それによつて私共の本来の生命が踏み付けられることを怖れ、且つ絶えずそれを警戒して来たのでした。[38]

平塚のあらゆる思想的営為の根底にあるのは、「物質生活」ではなく「精神生活」において「貴族主義者」でありたいと願う強い自尊心である。しかし、「精神生活」において「貴族」であり続けるために必要な心の余裕は、「物質生活」のある程度の充足を要求する。「物質の欠乏を感じる度合は、実際は「労働階級」の人達よりも、又美に対して無感覚でゐられる市川さん自身よりも却て強い」と平塚が自負する所以である。平塚と奥村は、「精神生活」に耽溺するのでもなく、「物質生活」に没入するのでもなく、二つの「生活」の間でみずからの「本来の生命」を守り続けてきたのである。

しかし、こうした思想を、平塚と奥村がいざ実際の行動に移すと、どのようなことになるのか。たとえば、画家だった奥村が久しぶりに絵が売れたと言っては、「米屋の支払よりも何よりも先に、彼にとってはどうしてもなくてはならぬ必要品」を購入し、平塚はそれを咎めもしない―こうした光景は、市川の眼には思想以前の単なる不真面目さとしか映らなかったようである。[39]

（二）迷走する新婦人協会

平塚は、自身の社会運動構想の一段階目、すなわち「私」的な「生活」のレベルにおける充足は、個人的にはある程度クリアしていた。しかし、最重要のパートナーである市川は、少なくとも平塚から見れば、まずこの一段階目をクリアできていなかった。そのような現状にもかかわらず、新婦人協会は二段階目、さらに三段階目へと手を伸ばしてしまった。

ようやく創刊された『女性同盟』という雑誌には、おそらくは平塚とその周囲の人々による地道な日常が見出し得る。たとえば第一号の「会告」欄では、新しい事務所になる物件を探している旨が報告されているが、そこでは「倶楽部の様にして、会員の楽しい集会所にしたい」[40]という希望が述べられている。また第三号の「事務所より」という記事では、事務所のお茶や掃除用具の購入費用がもったいないということから、某会員の「会員や読者が考へて一つ宛寄附したらどうです。紀念になつていゝし、事務所に親しみが出来る」[41]という意見が紹介されている。市川、平塚に次いで重要人物になる奥むめおは、第六号の「研究部だより」という記事で第一回の親睦会の様子を紹介し、これからも会員有志自宅の持ちまわりで懇親会をすること、また会員で遠足に出かけることを「満場一致で可決」[42]したと景気の良い発言をし、第八号でも「新しい方にお目にかゝることも実に愉快ですし、平生は忙しさにおはれてつい碌々お話も出来ない方々と、落付いた気持でしんみりと話合ふのも嬉しく、毎月まち遠しがつております」[43]と懇親会への参加を呼びかけている。前節で述べたように、平塚にとってこれらの活動は単なる内輪の仲良し主義ではなく、公的秩序内部の他者同士による、対話や連帯を可能にするための思想的な実践である。

こうした一方で、第四号の「編輯室より」では、市川が「平塚氏が少し気分がすぐれないと云ふので、書きかけの原稿を切迫してから放り出されたので、愈々以て困りました……私がかはつて投り書しました」[44]と記している。公開の場である誌面で実名を挙げて、仕事を投げ出された、仕方なく代わりに自分がやった、などと同僚を批判するのは、仮にそれが事実であっても、いささか自意識過剰の感が否めないし、集団経営の作法として不毛である。平塚に対する市川の苛立ちは相当である。

このようなことでは、誌面に現れた協会上層部は仲が良いのか悪いのか分からず、一般会員は不安に思うかもしれない。協会運営の様子を日記風に記録した「協会日誌抄」では、奥が市川について「気分勝れず薬餌に親しんでゐる。あんまり忙しいからだ」[45]と記しているが、翌七号によれば、その奥もまた体調不良で「皆心配」しているという[46]。さらに同号では平塚の二人の子供が揃って麻疹に罹り、看護する疲れから平塚自身も体調を崩し、「終に発熱、終日頭痛と吐気と腰痛に苦しむ」とある[47]。内情を詳しく紹介するのは会員相互の理解を深めるためだろうが、これでは丹念に読むほどかえって心許なくなる。市川の平塚に対する苛立ちは理解できないものではないが、平塚が市川に対して抱いた懸念も根拠の無いものではなかったのである。

また、会員拡大を目的とした地方講演のため、平塚は新潟から名古屋、奈良、大阪、神戸、広島などを転々とし、行く先々で「文字通りに歓迎され」[48]る自分を冷ややかに観察している。

私一個に対する―それも所謂「らいてうさん、らいてうさん」と呼ぶものに対する好奇心や一種の偶像崇拝的な気持（それは私から見れば誠にあてにならないもので、私に接近するに従って幻滅するに相違ないものですが）によつて好遇されつゝあるのに気付く時などには或る当惑に近い矛盾さへ感ぜずにはゐられませんでした。私は協会の立場から私自身を眺め、こゝに協会にとつての一つの危険が潜んでゐることを一層意識的に感じはじめました。[49]

寄付金を集めるにも有名人である「平塚らいてう」が行くのがよいということになり、平塚は社交に不向きな自分の性格を知りながら諸方を訪ねて廻った[50]。前に述べたように、平塚はかつて、『青鞜』における愛すべき他者のために、『中央公論』で「新しい女」だと名乗り、みずから進んで「社会」の矢面に立った。それは、『青鞜』という公的秩序における、平塚なりの責任主体としての行動だった。しかし、内部の個人間で心の交歓も理解も未だ行われない有象無象の人々のために「平塚らいてう」を演じることは、平塚の心には空しく思われた。「らいてうさん、らいてうさん」と平塚を呼ぶ人々は、平塚からすれば、所与の「社会」における自他認識のあり方に泥んでいるという点で、「偶像崇拝的」で批判精神を持たない、「誠にあてにならない」人々だった。

結局のところ、平塚は新婦人協会において、そこに集った他者たちと一つの公的秩序を持ち得るとは感じられなかったのだろう。その憂いは、平塚が同協会の解散を提議した『女性同盟』第一〇号の「第一回総会に臨み過去一年半を回想しつゝ」に表現されている。「団体の力を信じ、その力によつてかういふ運動もしやう、あゝいふ運動もして見たいと、多過ぎるほどの欲望を協会の上にその成立に先立つてもつてゐた創立者が、協会が成立したかしないうちに、言ひ換へれば団体としてのほんの輪郭だけが出来たか出来ないうちに、性急にもその欲望の実現に着手し、外部に向つて交渉を開始した」[51]まま一年半が過ぎてしまった。

協会の現状を知つてゐる私は、寧ろ協会を、目に見えるもの、形に現はれたものより外見ることの出来ない所所事業家の手から救ひ、外にのみ奪はれて、何となく上調子に、粗野に、無作法に、荒んで行かうとする傾向の見えるこの私共の徒らに疲れた心を内に転じ、真の団体を作ることに、言ひ換へれば団体生活の根底である団体的生命を養ひ育てるといふ目に見えない第一歩の―併し今迄全く忘れられてゐた―仕事から今私共は出直すべき時だと信ずるから。[52]

平塚は一段階目である「私」的な個人に立ち返り、二段階目からやり直すべきだと主張したのだろう。そのためには、三段階目を一度白紙に戻さなくてはならない。つまり、新婦人協会は解散されるべきなのである。実際には協会は解散されず、平塚も名目上は理事として留まった。しかし、平塚は「待つことを知れ」[53]と言い残し、その活動からは去ったのである。

三、倫理と実践

平塚は『女性同盟』誌上の論説で、個人を越えた「人類共通の幸福、種族の利益」[54]をたびたび主張していた。新婦人協会を「一つの生命ある団体としての完全な組織と統制とを備へたものに育て上げて行かう」[55]と考えたのも、「人類」という全体性に至る過程の中間的な集団としてのことだろう。しかし、近代的個人の孤独を知る平塚にとって「人類」「種族」といった全体性とは直ちにコミットメント可能なものではなく、個々の他者との相互尊重の過程を経ながら、段階的に辿り着かなければならないものだった。

この章の冒頭で挙げた松尾氏による「自己中心的」という平塚への批判を、本書はしいて否定するものではない。平塚からすれば、そもそも個人とはそのようなものであって、松尾氏が言うような「政治的、大衆的団体生活」とは、そうした個人を前提に構想されるべきものだということになろう[56]。やや予見的に言えば、従来の平塚評価は、市川房枝的な視点に立つことをそもそも前提としていたのではないか。市川の視点に立てば、平塚の思想は端から思想以前のものとなってしまう。平塚の考えによれば、あらゆる人間の営為は「生命」ある「生活」から創出されるのであるから、下位の場所での「私」を最優先したとしても、没価値的な集団を作り出すことにはならないはずだった。しかし、結果を急ぐ人々から見れば、それはあまりに地道で悠長なものだった。そのために、平塚は「待つことを知れ」という捨て台詞を残して新婦人協会を去ることになったのである。

新婦人協会での試みが成功していれば、『青鞜』時代に「新しい女」を名乗ったように、新婦人協会においても「平塚らいてう」であってよかったかもしれない。しかし、何者でもない者であるという欲求と、何者かでありたい者であるという欲求を、新婦人協会においてはすりあわせることができなかった。「私」的個人同士としての確かな相互理解の努力が行われなかった新婦人協会は、平塚にとって『青鞜』のような公的秩序とはなり得なかったのである。

青年期に形成された平塚の思想の二つのモメント—何者でもない者であることと、何者かでありたい者であること—は、まず唯一絶対の「公」を称する大日本帝国を、既存の価値秩序を押し付けてくるものだとして拒否した。その後、『青鞜』において平塚は、「私」的個人同士の確かな相互理解に基づく公的秩序の可能性を知った。その公的秩序において平塚は、「新しい女」であることを自他に課した。平塚にとって公的秩序としての『青鞜』は、何者かでありたい者であるというもう一つの自己の欲求を満たし得る場所だった。そして、『青鞜』における「私達」の終焉から、平塚はある公的秩序が成立するための具体的な条件を学んだ。そして、その経験を新婦人協会で生かそうとしたが、失敗に終わった。

与謝野が「私」的個人としての自己を確立し、そこから主体的個人なるものの啓蒙へと向かったことは、前篇で述べた。それは、与謝野なりの公的秩序における責任主体としての身の処し方だった。「文明」に対する素朴な信頼を抱き、明治三〇年世代の浪漫主義者である与謝野は、基本的には個人なるものを信じていた。結果として、公的秩序におけるその責任の果たし方は、言論活動による啓蒙という、およそ近代主義的な方法によって行われた。

一方の平塚は、『青鞜』での活動を通じて、「私」的個人間の倫理のあり方について、実践面での考察を深めた。その実践は、新婦人協会という実際的な、そして、政治と直接コミットするような活動によって行われようとした。近代的自我の孤独を知り、それでも自他の関係性構築を諦めなかった平塚が必要としていたのは、啓蒙ではなく実践だったのである。そして、次章で論じるのは、新婦人協会に次ぐ平塚の実践となった、昭和期の消費組合運動である。

註

1　松尾尊兊氏が亡くなられたのは本書の構想・執筆中の二〇一四（平成二六）年一二月である。筆者は直接のご指導を賜ったことはないが、現職である吉野作造記念館の学芸業務では、氏の徹底した資料の渉猟に基づく大正デモクラシー運動の基礎研究に、いつも深い敬意を感じてやまない。そのため、凡例に従えば敬称を付す理由は無いが、敬称を外すことには躊躇いを禁じ得なかった。本来は論中に書くことではないと思われるが、凡例を外れるためこのことを付記する。
2 松尾尊兊『普通選挙制度成立史の研究』岩波書店、一九八九年、三五〇頁。
3 米田佐代子『平塚らいてう―近代日本のデモクラシーとジェンダー』吉川弘文館、二〇〇二年、一四五頁。
4 たとえば飯田祐子『彼らの物語―日本近代文学とジェンダー』（名古屋大学出版会、一九九八年）など。
5 中山清美「差異化と連帯感―『青鞜』が見せた新しい関係性」、飯田祐子編『『青鞜』という場―文学・ジェンダー・〈新しい女〉』森話社、二〇〇二年、二〇五頁。
6 同右、二一四～二一五頁。
7 平塚「円窓より」『青鞜』第二巻第七号、一九一二年七月、九八～九九頁。
8 同右、一〇〇頁。
9 同右、一〇二頁。
10 渡辺和靖『明治思想史―儒教的伝統と近代認識論』（ぺりかん社、一九八五年）、同『自立と共同―大正・昭和の思想の流れ』（ぺりかん社、一九八七年）、また竹内整一『自己超越の思想―近代日本のニヒリズム』（ぺりかん社、一九八八年）など。
11 高橋里美「意識現象の事実と其意味―西田氏著『善の研究』を読む」『哲学雑誌』一九一二年五・六月、『西田哲学選集』別巻二、燈影舎、一九九八年、一〇頁。
12 前掲平塚「円窓より」、一〇三頁。
13 平塚「「火の娘」を読んで」『青鞜』第四巻第三号、一九一四年三月、一七頁。
14 同右、一八～一九頁。
15 同右、二四頁。
16 平塚「最近の感想（第三週年に際して）」『青鞜』三周年紀念号、一九一四年九月、一六二頁。
17 たとえば、『青鞜』創刊一周年を記念した懇親会（一九一二年一〇月一七日）の様子を、後年の平塚は次のように回想している。
ここで神近市子さん、瀬沼夏葉さん、生田花世さんらに、はじめてお会いしたように思います。なかなかの盛会で、会のおわったあとも内輪の者が残り、新たにお膳に向かい直して二次会をはじめるというぐあいでした。わたくしもこの日はすっかり羽目をはずして、日本酒の盃をあけたのでしたが、そのおかげで、便所の草履をはいたまま廊下を歩いて座敷まで戻ってくるという失敗をやっております。後にも先にも、自分が酔ったと意識したのは、このときが生涯で唯一度のことでした。(『元始、女性は太陽であった』下巻、大月書店、一九七一年、三九八頁)

18 平塚は、伊藤、尾竹など「未知の人」が次々と集まって青鞜社が賑やかになった頃を次のように回想する。
野枝さんが再度上京したのは（一九一二年）九月ごろだったかと思います。十月ごろには編集室にいきいきとした、いつも生命力にあふれるような姿を見せるようになり、紅吉、哥津（―小林哥津子）、野枝の三人は、三羽烏といった格好で、社内を賑わすようになりました。なにがおもしろいのか、三人寄ればキャッキャッ笑い声が上がり、哥津ちゃんも野枝さんも、紅吉のふっくらした大きな手で背中をよくぶたれていたものです。(同右、四〇七頁)
このように、青鞜社での後輩たちを回想する平塚の眼差しは、微笑ましいものに対する慈しみを多分に含んでいる。

19 平塚「明治より大正に至る我邦の婦人問題」『新日本』第五巻第一一号、一九一五年一一月、二六八頁。
20 平塚「『青鞜』と私―『青鞜』を野枝さんにお譲りするについて」『青鞜』第五巻第一号、一九一五年、一一三頁。
21 同右、一一八～一二一頁。
22 同右、一二四頁。
23 同右、一二六頁。
24 同右、一三一～一三三頁。
25 平塚「新婦人協会の回顧（一）」『婦人公論』一九二三年三月、一二頁。
26 同右、一三頁。
27 同右、一六頁。
28 同右、一六頁。
29 同右、二〇頁。
30 同右、一八頁。
31 同右、二〇頁。
32 同右、二一頁。
33 平塚「新婦人協会の回顧（二）」『婦人公論』一九二三年四月、五七頁。

34 同右、五八頁。
35 同右、五七〜五九頁。
36 平塚「新婦人協会の回顧（四）」『婦人公論』一九二三年六月、五一頁。
37 前掲平塚「新婦人協会の回顧（二）」、五六頁。
38 同右、六二頁。
39 同右、六三頁。
40『女性同盟』第一号、一九二〇年一〇月、五二頁。
41『女性同盟』第三号、一九二〇年一二月、五五頁。
42『女性同盟』第六号、一九二一年三月、七二頁。
43『女性同盟』第八号、一九二一年五月、六一頁。
44『女性同盟』第四号、一九二一年一月、六二頁。
45 前掲『女性同盟』第六号、七七頁。
46『女性同盟』第七号、一九二一年四月、六四頁。
47 同右。
48 前掲平塚「新婦人協会の回顧（二）」、六六頁。
49 同右、六七頁。
50 同右。
51『女性同盟』第一〇号、一九二一年七月、三頁。
52 同右、五頁。
53 同右、七頁。
54 平塚「波紋（感想）　婦人の時代が来ました—大阪覚醒婦人大会に於て」『女性同盟』第六号、五一頁。
55 前掲平塚「新婦人協会の回顧（一）」、一三頁。
56 なお、財政面での困難を極めた初期の協会が抱えた債務は、平塚が個人的に引き受ける形で解消し、平塚離脱後はそれなりに安定した経営ができていたという指摘がある（加瀬厚子「活動の原動力としての財政問題」『新婦人協会の研究』ドメス出版、二〇〇六年）。そのことが団体経営のあり方として健全であるのかはさておき、金銭という最も現実的な問題において平塚が責任を果たしていたことは確認したい。

第六章　「消費組合我等の家」考

消費組合とは、資本主義の発展により貧富の格差が拡大した社会において、消費者が生活必要品を共同購入し、組合員に販売する協同組合組織である。発祥は一九世紀イギリスで、日本では資本主義の弊害としての「社会問題」が顕著になった明治中頃から、その意義や方法論が本格的に紹介され、試みられた。今日では生活協同組合と呼ばれる。

消費組合運動を思想史的に検証する際に一つの難しさになるのは、言説の分析だけではいささかその思想的特性の判別が難しいという点である。消費組合運動の理念や実際の経営指針については、発祥の地イギリスで既にロッチデール原則と呼ばれる基本的な考え方が示されていた。日本の消費組合運動は、こうした思想を輸入するところから始まり、輸入された思想は実践に供された。戦前期の都市部では多くの消費組合団体が乱立する状況を呈したが、組合員間のデモクラティックな共同性による「相互扶助」の実現という大まかな方針はほぼ共通していて、各組合の特性は実践の場において現れることになる。したがって、各組合の思想的特徴を論じようとするならば、言説よりも実際の活動状況を検討する必要がある。

平塚は昭和期に「消費組合我等の家」（以下、「我等の家」と略す）という名称の消費組合団体の組合長として活動していたが、しかし、この「我等の家」についての研究は、従来は平塚自身による当時の若干の論説、また晩年に書かれた回顧などに資料が限られていた。理由の一つは、「我等の家」が産業組合法の認可を受けない任意組合だったことである。大正後半期以降、消費組合運動は都市大衆の経済不安を取り除くのに有意義な施策であると認知されるようになっていた。そのため、多くの組合は、産業組合法の認可による税制上の優遇などを受けていた。その場合は、年次の事業報告などが公的な文書として残っていることがある。しかし、任意組合であり、また活動規模の小さかった平塚の消費組合運動は、実際の経営状況が分かる資料が不足しているのである[1]。

そこで本書では、直接的な資料の不足を補うため、平塚の運動を取り巻く政治的・社会的状況を精査する所から論を立てることとする。公的秩序の責任主体としての自己を見出し、そして、啓蒙ではなく実践に活路を見出した平塚に敬意を表する意味でも、本章はしばらく平塚の内面世界から離れ、実際活動の様子をたどっていこう。

一、東京共働社とその成城支部

平塚が消費組合運動に出会ったのは一九二八（昭和三）年である。子供を成城学園の小学校に入学させるために東京府下豪徳寺烏山、さらに成城学園都市が形成されると同地へ転居し、山崎今朝弥、青山義雄ら社会運動家たちの紹介で、これらの地域に支部を持つ東京共働社なる消費組合に加入した。平塚は成城学園都市の形成に伴い新設された東京共働社成城支部で「総指揮格」[2]として働くが、やがて東京共働社本部と対立、一九三二（昭和七）年に「消費組合我等の家」として独立する。以後、一九三八（昭和一三）年に家庭購買組合に吸収合併されるまで、平塚は「我等の家」組合長として指揮を執り続けた。本章で特に注目するのは「我等の家」の独立であるが、後述するように、その事情や背景を記した資料が無いことから、これまで独立の意味は明らかではなかった。

平塚が最初に加入したのは東京共働社の豪徳寺支部である。ここではまず、東京共働社という消費組合の概略を確認する。一九一九（大正八）年、東京の小石川砲兵工廠で労働争議が起こり、広田金一、伊藤好彦、青山義雄といった労働運動指導者が解雇された。青山は先述のように平塚を消費組合運動に引き入れた人物である。彼らは一九二一（大正一〇）年、砲兵工廠の陸軍現業員組合に物品販売部を設立した。物品販売部設立を後押ししたのは共働社という消費組合である。共働社は一九二〇（大正九）年に設立された、戦前日本における最も代表的な労働者による消費組合である[3]。一九二一（大正一〇）年三月に起こった日本鉄工所の労働争議で共働社の支援が成果を挙げて以後、消費組合はストライキ中の労働者の生活を守るに資する機関であると認知されるようになっていた。

小石川砲兵工廠の物品販売部は一九二二（大正一一）年に東京共働社と組織改編し、消費組合として産業組合法の認可を受けた。組合長は広田で、青山も参加している。これと前後して、東京共働社同様に共働社の後援で「○○共働社」という名称の消費組合が数多く設立され、それらは連合の卸売機関として消費組合連盟、後に改称して関東消費組合連盟（以下、関消連と略す）を組織した。しかし、平塚が豪徳寺支部に加盟したその翌一九二九（昭和四）年、関消連は分裂し、東京共働社はじめ六組合が関消連を割って出ることになる。

東京共働社の支部が置かれたのは豪徳寺、松沢、杉並、和泉、小石川、中村橋、成城等であり、小田急電鉄（一九二七年開通）や中央線の鉄道沿線地域を中心としていた。また、豪徳寺と成城は、当時は東京市編入以前の地域だった[4]。これら東京市郊外が都市住民の居住エリアとして注目されたのは大正期である。資本主義の発達に伴う都心部への急速な人口流入により、都市中流階級の新たな居住地として郊外の鉄道沿線が注目されるようになった[5]。

労働者による消費組合だった東京共働社が都市中流階級の居住地域である郊外に進出したのは、本来の基盤だった東京小石川砲兵工廠が関東大震災後に九州へ移転したことによる。郊外進出は組合の維持存続のためだったが、結果として東京共働社はその階級的性格を後退させた。東京共働社が関消連から離脱したのも、左傾化する関消連への反発が理由だとされる。

確かに関消連から離脱した東京共働社ら六組合は、離脱にあたって「共産主義一派は、消費組合運動と政治的階級闘争とを不当に結び付け、依って以って故意に且つ不自然に消費組合運動を政治的階級闘争の影響下に置かんとする傾向が強烈」[6]であると関消連を非難する声明を発している。しかし実際には、関消連加盟組合はイデオロギー的に様々で、一律に急進左派だったわけではない。関消連分裂の背景には、イデオロギー対立以前の生々しい人間の対立があった[7]。

関消連分裂の直接のきっかけとなったのは東京府消費組合協会設立問題である。東京府消費組合協会とは、深刻化する経済恐慌の中で東京府下の消費組合を広く糾合し、より大規模に卸売事業を行う連合組織として構想されたものである。主に共同会、共栄社、家庭購買組合といった中流階級層の組合がこれに賛同した。しかし、また、東京共働社組合長であり、関消連の中央執行委員長を務めていた広田も発起人に名を連ねた。しかし、一九二九（昭和四）年一〇月の関消連臨時大会で、労働者系ではない消費組合との連合をはかった広田委員長への批判が噴出し、広田は東京共働社組合長として関消連からの離脱を表明したのである。広田は関消連の指導者でありながら、関消連内の意見調整に配慮しなかったようである。また、東京共働社内でも関消連からの離脱の是非が理事会に諮られず、決定は広田ら一部幹部の独断によるものだった[8]。

この分裂騒動には伏線があった。一つは同年四月に松江で開催された産業組合中央会第二五回全国大会に、関消連が参加できなかったことである。関消連代表として派遣された戸沢仁三郎他二名は、大会会場入口で松江警察署に検束され、大会終了までの県外退去を強いられた。また、産業組合中央会東京支会を通じて関消連が提出していた消費組合関係の議案も大会の審議では取り上げられなかった。この件につき関消連が東京支会に詰問すると、東京支会は詰問状の撤回を条件に、当時関消連が行っていた消費組合講習所へ補助金を出すと回答、関消連側は「階級性買収」[9]であると態度を硬化させた。東京府消費組合協会設立に広田が連名したことが、関消連内で階級的裏切りと見なされてもやむを得ない事情があったのである。

もう一つの伏線は、産業組合中央会東京支会が財政援助を申し出た消費組合講習所の問題である。この講習所では、講師を務めていた江東消費組合（関消連所属）の組合長・木立義道に対し、一部の受講者が「反動」だと批判して様々な悪態をついた。それは、講義中に仰向けに寝そべったり、講義を抜け出して近隣の神社に籠城したりといった、思想闘争以前のおよそ稚拙な行動だった[10]。これを関消連内急進派による嫌がらせだと考えた木立はおおいに立腹し、江東消費組合は東京共働社とともに関消連を離脱することになる。

こうした経緯を見ると、イデオロギー以前の問題として、そもそもこの頃の関消連に組織を健全に運営しようとする文化が欠如していたと言わざるを得ない。関消連分裂の現場に若手役員として立ち会い、後に消費組合運動史研究者となった山本秋は、戦後、関消連分裂は避けられなかったのかと広田に尋ねている。広田の回答は、「組合員を市民層に移さねば経営が成立たなくなるので、豪徳寺、成城等々の住宅地に組織を伸ばしていた。組合員には平塚らいてうさんなどという婦人たちも増え、関消連のようにスト応援だなどといってはいられなくなった」[11]というものだった。しかしこの後、平塚率いる成城支部は東京共働社の悩みの種になっていくのである。

二、消費組合運動における地道さの問題

関消連を脱退した六組合は、新たな連合卸売機関として消費組合連合会（以下、連合会と略す）を設立した。関消連の左傾化を批判する組合で構成された連合会は、ロッチデール原則に基づいた経営優先路線を採ったとされる。しかし、消費組合運動史研究者・山崎勉治は、次のように連合会内の意思不統一を揶揄していた。

経営を確立し、豊富なる財力を以て関消連以上に争議応援をするとは、昭和四年十月の関消連分裂直後に於ける連合会系（即ち脱退組）幹部の豪語せる処であつた。……しかし其の後の実際を顧みるに、連合会の組織は主として一般市民層、特に中産階級層の中へ延び、それと共に運動は経営万能主義へ偏向しつゝあるものゝ如くである。

既に昭和五年七月六日の〔連合会の〕創立大会に於て、当時労働争議の起きてゐた清水組の争議団応援が提議された時、中産並に有産の一般市民層を以て組織されて居る豪徳寺（東京共働社支部）代表の反対のために、否決され、争議団と直接関係組合たる大崎消費組合の抗議に依つて激励電報だけを送ることになつたことは、連合会の運動の行手を暗示して居たやうである。[12]

「スト応援だなどといってはいられなくなった」と言う広田の回想とは裏腹に、労働争議支援を主張する

者は連合会にもいた。彼らの政治的志向を妨げたのは東京共働社の支部だった。山崎はこの文章に続けて、「東京共働社の支部たる成城消費組合〔―東京共働社成城支部〕の如きは、有産、中産階級の組合であつて無産者階級的微香をも有しない」[13]とも批判している。

山崎による「経営万能主義」という批判は、「無産者階級」の組合がそうではない組合を批判する際の常套句で、理念を忘れた現実追随主義という意味の批判である。しかし、理念か現実かの二者択一で消費組合運動を考えることは、些か当を失している。明治後半期から本格的に始まった日本の消費組合運動は、昭和初期までに数人の理論的指導者を輩出した。初期には片山潜、石川三四郎、安部磯雄など、昭和初めには東京帝大教授・本位田祥男が経済学の立場から第一人者だった。彼らがおおむね共通して指摘するのは、消費組合運動それ自体では、あくまで暫定的な社会問題対策にしかならないということである。

たとえば安倍磯雄は『社会問題解釈法』（一九〇一）において、貧困問題解決の手段を五段階に区別した。一・二段階は貧者に即物的な扶助を与える「慈善事業」、教育を与える「教育事業」で、これらはあくまで施しであり、三段階目の「自助的事業」（消費組合を含む）からはじめて貧者が自力救済に当たるとされる。四段階目「国家的事業」は国家による福祉政策である。ここまではいずれも次善の策であり、「根本的改革」は五段階目、すなわち社会主義による現状の経済機構の打破を俟たなければならない[14]。しかし、ここで安部が念押しするのは、四段階目までの重要性である。

其〔―慈善事業、教育事業、自助的事業、国家的事業〕は何れも現今の社会組織を其侭に維持して敢てこれを破壊せんとするにはあらず、唯これに何等かの改良を加へんことを目的とせるのみ。故に其の手段は飽くまでも漸進的改革的にして、根本的大革命を行ふが如きは決して其本領にあらず。……斯の如く陳べ来れば、各種の解釈法には各其短処と長処を有するを見るべし。余は最も卑近なる解釈法より始めて、漸次、遠大なる方法に説き及ぼしたり。然れとも、余が所謂卑近と言ひ遠大と言ふは直ちに以て其の解釈法の優劣を示したるの意にあらず。[15]

安部は消費組合を含む四段階目までの事業を、「漸進的改革」であって「根本的大革命を行ふが如きは決して其本領」ではない「卑近」なものであるとした。しかし、それは価値の低さを意味するのではなく、それぞれの長短を理解し、状況に応じて使い分けることが大事であると言う[16]。この考え方は至って当たり前とも思えるが、石川三四郎も同じようなことを『消費組合の話』（一九〇四）で強調していた。

多くの組合が発起され、其が連合して卸売会社を設け生産部を置き、専門の運送部を開き、教育事業を興す様になれば、其は実に宏大なる組織体となり、宛然独立の国家を見る様になる。否な寧ろ今の諸列国よりは五段も十段も品の高い、愛の満ちた、平和の楽園が出来るのである。而も今の国家に逆らはず、今の資本家と衝突もせずに、此境界まで進むことが出来るのである。

固より此社会の根治法は、之を社会主義的改革に待たねばなるまい。されど今は尚ほ其準備の時代である。而して其準備の第一歩は貧者労働者の団結を確立し、脚地を鞏固にするより外はない。而して之を為すの最も有力なる手段は実に消費組合である。[17]

石川は「国家」を経済機構の総体として捉え、これを統一的に指導することで貧困問題が根本的に解消されると考える。しかし、この著作が消費組合を主題としているにも拘わらず、消費組合はその「準備」であって「根治法」ではないと言うのである。

こうした議論を踏まえると、次の本位田祥男の言葉も、その意味が理解しやすい。

> 我々はロツチデール消費組合の立場に立つものでありますが、「ロツチデール派の組合は日和見的だ。何等の理想もなく其日暮らしである、単に組合員の其日の生活を良くして行けばよいとして居るに過ぎない。経営第一主義で、情熱は全然ない。」等々として度々左翼消費組合から攻撃をうけて来ました。……ロツチデール式組合に現実の経営を重んじ、モスコウ式組合に組合《ママ》はそれに左程の重点を置いてゐない様な傾向が見受けられます。それはよく消費組合通の理論闘争の中にも、又現実の経営成績の中にもよく現れております。ロツチデール主義をとる組合は、経営の成績もよく売上額等も多いのが普通であります。此事を批判する為めに現実主義と云ふ悪口も出たのであります。此意味ならば現実主義は極めて結構であります。消費組合運動は一の経済運動でありますから、各組合に現実な利益を与へ、組合としても財政の基礎が確立しなければ、断じて発展する事はできないのであります。而も個々の組合が発達せずしては決して消費組合運動一般は発達する事はできず、相互扶助の社会は建設する事も出来ないのであります。理想を現実化し、現実の中に理想を実現して行かうとする事は消費組合運動の特徴であります。[18]

本位田も「相互扶助の社会」という終着点を語りながら、現状における「現実主義」の必要を語る。急進的な考えの者には、「現実主義」者が抽象的に「相互扶助の社会」と言っているだけの方便と映るだろう。しかし、遙か将来に根本的解決を見据えつつ、目の前の現実に対する地道な対応を重んじることは、消費組合運動理論における本質的な精神性として論じ継がれてきたことだった。

実際の政治状況として、この頃急進左派を排除して分裂を繰り返した日本労働総同盟（以下、総同盟と略す）が連合会に食指を伸ばすなど[19]、当事者たちが諸団体の離合集散をイデオロギーの左右に重ね合わせて理解することには相応の事情があった。しかし、結論を先んじて言えば、広田が批判されるべきはその「経営万能主義」ではなく、みずからが指導者を務める団体で丁寧な合意形成の努力をしないという、「卑近」な活動の重要性に対する無自覚である。そしてこのことは、広田が中産階級路線を採ったにも拘わらず、成城支部が東京共働社から独立してしまう一因だったと考えられるのである。

三、成城学園都市における消費組合運動の実相

東京共働社豪徳寺支部から分離する形で成城支部が発足したのは、前述のように成城学園都市の成立と軌を一にしている。一九三〇（昭和五）年七月には成城学園駅前に販売店舗「我等の家」が設置され、成城支部の活動拠点となった。この販売店舗「我等の家」について、平塚は次のように語っている。

この高台の学園村に「我らの家」と呼ぶ二階建の小さな家が建ちました。これは私たち百余名の家庭婦人が支持してゐる消費組合の店と事務所と集会所とを含む私たちの共同の家です。言ひ換へれば私た

ちの協力によつて出来た私たちの共同の台所であり、仕事であり、社交場でもあるのです。

「我らの家」は家庭生活の社会化乃至は協同化であると言えるでせう。

七月十九日その落成式を兼ねて、講演会、各国消費組合ポスター展、英国消費組合の幻燈映写会などの催しをいたしました。

この組合は他の組合と違って最初から婦人―殊に主として知識階級の家庭婦人を組合員とし、是等の婦人の力でやつて来たものですが、しかしまだ何といつても、目前の現実的利益だけで加入したもの、またしてゐるものが大部分であることは免れ得ないのでありましたが、今度の是等の催物はかういふ組合員を啓発し、組合運動の理想的方面を理解して貰ふ上に相当に役立つたやうに思はれます。

この国の消費組合は日がなほ浅いためとはいへ、組合当事者は経営に急であるため、組合員の教育といふことをとかく等閑にして来たかの観があります。しかしこれではよき発展は望まれないわけです。

私たちのこの組合は、今後この「我らの家」を中心として、全組合員の教育第一主義で進みたいと思ひます。すべてはそれからだといふ気がいたします。[20]

この文章にはいくつかのヒントがある。まず一つは、平塚が「我等（ら）」を「私たち百余名の家庭婦人」と認識していることである。「我等」という一人称は、連合会でも傘下の組合員一般に呼びかける際に用いていた[21]。しかし、平塚は自分にとっての「我等」を、成城地区で現場の活動をともにする人々の意味に限定している。このことは周囲も等しく認識していたようで、たとえば家庭購買組合の組合員・城山登美子なる人物が東京共働社成城支部を紹介した次の文章では、次は平塚明子女史等の「我等の家」、成城消費組合、厳密にいふと、東京共働社成城支部です。これは先ごろも平塚さん御自身が大会でお話下すつた通り、婦人達の手で立ち、婦人達の手で動いてゐる組合、創立は本年七月でした。[22]

のように書かれていた。「厳密にいふと、東京共働社成城支部」という表現からは、成城支部が独立性の高い活動を行い、周囲にもそうした印象を与えていたことが読み取れる。

こうした状況の背景には、成城支部の特殊な事情があった。晩年の平塚によれば、転入当時の成城は「高台一帯が赤松林と草っ原で、萩や芒や葛などが生い茂る、文字どおりの草分けの地」[23]だった。学校関係者が次第に入居していくことで、平塚が「学園の住宅地」と書く、住人のほとんどが成城学園関係者という共通の属性を持つ特殊な住宅地が形成された。周辺には、それ以前から同地で農業を営む人々がいたが、それは「学園の住宅地」の外にいる人々だった。

平塚を青山義雄に紹介した山崎今朝弥も、この「学園の住宅地」の住人だった。今日残されている記録を見る限り、山崎がここで取り組んでいたのは町内会作りである。次の資料は、山崎も発起人に名を連ねた町内会設立の呼びかけ文である。山崎以外の発起人には、成城学園都市形成の実務責任者であった小原国芳も連名している。

私共の住宅地も学園を中心として急速に発展し、今や第二、第三の分譲地並に貸地も膿定成り実に其区域三十余万坪に達し、殊に道路下水も殆ど完成して、此春以向住宅の新築さるゝものも大に加はるべく、やがては当沿線最大の理想的学園都市たらんとする趨勢にあります。
此の時に当り先住者の責務として、此新開の地を最も健全質実なる気風の環境たらしむべく相共に協議共力して聊かでも、つくす所あらんことは私共総ての願であります。加之、一方には隣接地に他の住宅地あらはれて善かれ悪かれ其影響当方に及ばんとし、又他方にては居村の公課を初め旧村民各戸に比して私共高台の住民に不公平に負担の重きことなど、今后是正を要する事件も夛々あり、旁々此際私共の間に結束かたき会を組織して内外の改善に当るの必要ありと存じます。[24]

ここでは、成城学園関係の移住者、すなわち「学園の住宅地」に住む人々と、「他の住宅地」の住民、「旧村民」とが区別されている。町内会設立を呼びかけるのは、これら異なる住民グループ間で地域社会運営における利害調整が必要な状況があり、そのために成城学園関係移住者での意思統一が必要だという理由による。したがって、平塚による「高台の学園村」の「百余名の家庭婦人が支持してゐる消費組合」との成城支部の認識は、東京共働社の組合員同士というよりも、「学園の住宅地」の住人による社交倶楽部的性格を有することを反映してのものだろう。こうした事情を踏まえると、平塚が書いた文章から成城支部の活動実態をある程度読み取ることができる。

テント張りの店舗の前には、まだ開かれないうちからいつも組合員の細君や女中さんたちが集まつてゐる。重さうな大風呂敷を両手にさげているもの、乳母車に買物を積み込むもの、又店にゐて伝票をつけたり、計算を手伝つたりするもの、この住宅地では曽て見られなかつた親しみある相互扶助の光景を展開して行つた。[25]

今日組合で売る青物は、皆神田の市場で仕入れ、此処へリヤカアで持ち込んでゐた。ところで、私たちが居住する住宅地をのぞけば、この村は殆どすべて農家であつて、四囲はいづれも豊饒な、キヤベツ、トマト、胡瓜、茄子等々の畑なのである。そして百姓たちは是等の農作物を荷車に、リヤカアに山積し、毎日未明に家を出て、神田、京橋、三軒茶屋、淀橋等の市場へとそれ〳〵運搬する。しかし是等はかうして運賃を労力を、時間を費し、その上売上の一割を市場で差引かれるのだから、事実彼等の手に落ちる金といへば、播種から収穫までの長い間の労苦に対し、あまりに驚くべき僅少である。……組合では今度附近の農家から直接野菜を買ひ取る方法を講じ、この土地で間に合はないものだけを市場に求めることにし、今その第一歩を踏み出したところである。[26]

最初の引用からは、成城における消費組合運動が、「学園の住宅地」におけるコミュニティ作りに寄与していたと読むことができる。また商品の一部を地産地消にしたという二つ目の引用は、先の町内会設立の呼びかけ文にあった住民グループ間の利害調整の必要と重ねて読むことができるだろう。つまり、「学園の住宅地」の住人と、そのほとんどが農業を営む他の住民グループとの間に、共同利益を作る試みだと読むことができる。

成城支部は、学園関係者という共通の属性を持つ人々によるコミュニティを基礎にしていた。成城支部の活動は、このコミュニティに住む人びとの生活を充足させつつ、コミュニティの親密度を高める役割も果たした。その上で、「学園の住宅地」に限定されない成城地域一般のローカルな共同利益を作ることも期待された。このように平塚の運動は極めてローカル色の強いものだった。東京共働社支部という性格が希薄であったのもそのためだろう[27]。

成城支部の独自な活動は、連合会においても評価されていた。連合会の機関誌『消費組合時報』では、成城支部では「一切の経営が婦人の手によつて独立の組合と同じ形式で経営されてゐ」て、「多数の主婦の人々の応援」により業績を伸ばしつつあると紹介されている[28]。一九三二（昭和七）年四月の連合会第三回大会では、東京共働社の代議員として「（成城）神琴子、西川きく、平塚明」が参加し、平塚は「消費組合に於ける婦人役員地位に関する件」を提案している[29]。また、活動実態は不明であるが、平塚は成城支部を代表して東京共働社の役員にも名を連ねていた[30]。平塚は上位組織である東京共働社本体や連合会においても役割を果たした上で、「学園の住宅地」という小規模なコミュニティを基礎として、成城地域におけるローカルな「相互扶助」の実現に、独自の運営方針を以て臨んでいたのである。

四、平塚の消費組合運動観とその意味

ここで重要であるのは、こうした平塚の運営方針が、先に論じた消費組合運動における地道さの問題と深く関係することである。平塚は先の引用で「目前の現実的利益だけで加入したもの、またしてゐるものが大部分であることは免れ得ない」として、催し物の教育的効果に言及していた。組合員の多くが単に廉価販売を期待するだけの受動的な人々であることは、消費組合運動の理論研究者、また実践家がほとんど例外なく指摘するところである。たとえば前掲安部『社会問題解釈法』も、「自助的の事業（―消費組合運動を含む）

は幾分か金力と智力を具へたる者にのみ望み得」るもので、「目下飢餓の苦境に陥り或は全く無知蒙昧の有様に在る者」に多くは期待できない[31]とし、消費組合運動が「教育的方面」に力を入れる必要を指摘した[32]。成城学園関係の移住者を中心とする平塚の組合が、当時の教育水準において標準以上であることは明らかであるが、平塚もやはり「全組合員の教育第一主義で進みたい……すべてはそれから」と考えていた。

このことと合わせて平塚が指摘するのは、「組合当事者は経営に急であるため、組合員の教育といふことをとかく等閑にして来た」ということだった。前掲石川『消費組合の話』では、消費組合の組織拡大について次のように論じている。

▲支部の設置　若し本部より余り遠くない処に支部を設置するなら、そは新に組合を設立するよりは非常に良き政策である。蓋し古るい組合には信用も得意もあり、資本もあり経験もあり、多くの便利があるからである。……されど組合が余りに広がつて、多くの支部を有する様になると勢ひ会員の団結心を薄らぐるものである。即ち自愛心と公共心とを結合する処の団結心を薄らぐるものである、是れ組合員の総てが互に能く知り合ふ様な消費組合に及ばぬ点であつて、実に支部設置の一障碍といはねばならぬ。[33]

ここで指摘されているのは、消費組合組織の合理的な拡大は、かえって人間集団としての組合の成熟を阻害する場合があるということである。

平塚も催し物の教育的効果を期待したように、この頃に一定の成功を収めた消費組合の多くは、映画上映会や講演会といった教育的配慮のあるものから、運動会、遠足、花見といった娯楽まで、組合員が共に楽しみ、共に学ぶ時間を作ることに非常な努力を割いていた。そのことに消費組合運動理論の面から根拠を与えたのは本位田祥男だろう。本位田は東京帝国大学に提出した博士論文を基礎とする著作『消費組合運動』（一九三一）において、組合員間における親密さの重要性を指摘する。

消費組合が人間的生活を豊富にする事を目的とする以上、此等の諸生活を完うする為めに活動すべきは必然である。従てそれは他の娯楽的な、芸術的な又教育的な需要を満す為めに現実に働いてをり、且つ益々其の方面に発達しようとしてゐる。……総合的な共働社会を造り出さうとする消費組合の使命は、此の如き一見極めて卑近な活動の中に具体化してゐるのだ。……消費組合の発達に何よりも必要なものは、組合員の組合に対する自己意識と、協同精神である。そして協同的享楽は此二つの意識を培ふ最良な肥料である。……共に悲しみ、共に歓ぶ以上に人々の心を結びつけるものはない。それがどんなに卑近であらうとも、又その内容が高ければ高いだけ協同に享楽する事は彼等の心を一つにする。……たとへその目的は一であり、利害関係は一致しようとも、情操に於て結びつかないならば、其一致は極めて基礎薄弱であり、きごちないものであらう。[34]

本位田が「一見極めて卑近な活動」と言っているのは、具体的にはカフェ、レストラン、ビリヤード、音楽、倶楽部、活動写真、旅行など[35]で、確かに貧困問題の解消や相互扶助社会の実現に直ちに役立つものではない。本位田の議論は、「小さい、殊に設立後間もない組合では、組合員は組合熱に駆られてゐるが、大きくなればそれが日常の行事となつてそれ程注意を惹かなくなる」[36]と言うように、社会的主体としての人間が気まぐれであることを前提にしていた。消費組合運動の指導者は、必ずしも運動の意義を理解しない組合員たちとともに、あらゆる手段を尽くして地道な活動を続けていく辛抱強い教育的態度が求められていたのである。安部と本位田が共に「卑近」という言葉を用いたことの意味は大きい。

　これらの議論を踏まえれば、学園住宅地の小規模なコミュニティを基礎に、成城におけるローカルな地域共同を模索した成城支部の運営方針は、至って堅実なものだと言えよう。そして、小さな社会的単位を基礎に運動を行うことは、平塚が考える社会運動のあり方にも適うものであった。またそれは、平塚が消費組合を婦人運動として行おうとする理由でもあった。平塚は自身の婦人運動の来歴を無産運動の発展に擬える中で、次のように左派勢力同士のイデオロギー対立を批判している。

　大正十四年十二月農民労働党の結党をこの国に於ける無産政党の最初の出生として、その即自的禁止解散についで、左右両翼、中間の諸無産政党が蔟々と対立発生し、互に異なる思想的分野に立ち、互に異なる指導精神を《ママ》固執し、一方単一無産党の結成をしきりに要望しながら、分裂又分裂、抗争、排撃を続け、今や普選第二次総選挙に際し、所謂選挙協定も効なく、四分五列の戦線のままで選争渦中に狂奔してゐるといふ現状です。[37]

　平塚からすれば、資本主義の害悪を断つというだけで団結可能であり、緻密な理論や方針などをとかく問題にするのは、些末な問題に「固執」する悪しき姿勢だった。しかしそれは、左派の勢力拡大を期待することでは必ずしもない。

多数決は事物の是非善悪を決する最も公平にして正当な方法であるかのごとく一般に用いられ、ひとたびこの方法で可決したものはみな正しいとされ、批判討論の余地を与えられません。多数党は政権を掌握し、国政は多数決により、多数者横暴の限りをつくして可決されます。しかもこれが正義なのです。また労働者階級はその数の多いのを恃んで団結し、組織し、多数の力をもって資本家階級と闘争し、彼らの要求を暴力で貫徹しようとしています。ですから彼らが団結を願うのはもちろん相互扶助的な目的からではなく、階級闘争のためです。さらに言うなら多数を組織して闘争力の強大をはかり、それによって資本家階級の手から政権を奪い取ろうがためです。[38]

わたくしの心はマルクス主義社会運動よりも同じく現代の資本主義組織に反抗する無産階級運動として、徐にに《ママ》、そしてまことに地味にではあるが、しかし今や全世界にひろがり、次第に発展しつつある協同組合運動により多くひきつけられて行きました。

徒らに男性の争闘本能を刺激し、階級争闘の激化に努め、資本家階級からその権力を奪取せんとする運動とは違ひ、階級意識の上に立つてはゐても、争闘によらず専ら女性の掌中にある最も日常卑近な台所の消費生活を相互扶助の精神により協同の基礎の上に建て直すといふまことに平和な、それでゐて最も具体的な、実践的な手段、方法を通じて、資本主義組織を確実、有効に切崩しつつ同時に協同自治の新社会を建設して行くこの運動こそ女性の生活と心情とに最も相応した、従つて一般女性の立場からなし得られもするし、又しなければならない運動である、と思はれるのでした。[39]

平塚が否定するのは、勢力を以て自身の主張を押し通そうとする社会的態度だった。そうした「権力」「争闘」といった志向を男性的なものだと見る平塚は、消費組合を「最も日常卑近な台所の消費生活」から始まる婦人運動として、まずは「私たち百余名の家庭婦人」という小さな「我等」を基盤に行うことを目指したのである。

五、「我等の家」独立についての考察

平塚率いる成城支部は、一九三二（昭和七）年に東京共働社本部との関係が決裂し、「消費組合我等の家」として独立した。成城支部に謀反された形の東京共働社は、成城以外の支部を引き連れて連合会を離脱する。この件について平塚が書いているのは、

> 東京共働社組合長の広田謹《ママ》一氏と「我等の家」の常任責任者青山義雄さんとの間に、組合運営上の意見の対立が起こり、〔東京〕共働社本部から荷止めされるという、不当な処置をうけました。
> この間のくわしい事情は省きますが、そこでやむなくわたくしたち大半の組合員が〔東京〕共働社から連袂脱退して、新たに任意組合の「消費組合我等の家」をつくり、このとき組合長をわたくしが引き受けることになったのでした。[40]

という晩年の回想のみである。

連合会を離脱した東京共働社らが新たに立ち上げた大東京消費組合（以下、大東京と略す）の機関誌『大東

京消費組合報』と、「我等の家」が残留した連合会の機関誌『消費組合時報』では、分裂の事情がそれぞれの組合員に報告されている。両者の言い分を端的にまとめるとおおよそ次のようになる。大東京の言い分は、従来から連合会主事として無責任かつ無能だった青山は、連合会の役職と東京共働社成城支部の役職を兼任しながら、連合会主事としての業務を放棄した。それを追及したところ青山は「成城支部一部の婦人役員を煽動」し、成城支部は「一つのプチブル層の住む地域的な組織のみを守るが如き利己的な、換言すれば婦人特有の狭い見解から、大衆運動の最も忌むべき分裂的行動」をとるに至ったと言う[41]。逆に連合会の言い分は、もともと青山を疎んじていた広田と、青山の「強固なる組合精神によつて其の無能其の反組合的行動を指導暴露され」て私怨を抱いた広田一派は、青山が東京共働社成城支部の役職を得るに及んで青山追放を目論んだ。事を穏便に収めようとする人々の仲裁を広田は無視し、青山を「信ずること厚」い成城支部に一方的に青山の解雇通知を送りつけ、「折角円満解決に応ぜんとしてゐた独立派〔神琴子、西川きく、平塚〕を憤激せしめ」たため、事態は収拾不可能になったと言う[42]。

両者は互いに相手を無能であると書き、分裂に至った責任を相手側に求めている。特に青山の人物評はまったく対照的である。そのことはかえって、事の発端が広田と青山の確執にあることを窺わせるが、単に二人が不仲だったというだけでは「我等の家」独立の意味は明らかにならない。『消費組合時報』（連合会側の記述によれば、平塚らは調停に応じようとはしたものの、基本的には「独立派」だったようだ。先に述べたように、平塚は些末な問題に「固執」して社会運動を分裂させることは好まなかった。では、この要領を得ない対立劇の本質はどこにあるのか。

この頃、東京共働社組合長である広田が進めていたのは消費組合組織の中央集権化である。広田は東京共働社の運営を本部主導に切り替え、これに共鳴する他の消費組合も糾合し、「大東京消費組合」として組織再編することを図っていた。広田はこの事案について、またも東京共働社内の合意形成をはからず独断的に進めていたようだ。

『大東京』（―大東京消費組合）の結成は、その出発からして専制的であつた。消費組合運動がかりそめにも共働運動の一部門であるかぎり、『大東京』の結成が示したやうな組織上に於ける重大問題は、その結成前に必ず大衆討議に附せられなければならない。それをしないことは、全組合員の意志を踏みにじることであり、従つて全組合員の共働的努力を阻止することでさへある。かう言ふと、中には、現在のやうな意識程度の組合員には大衆討議をする能力がない、と言ふ者があるかも知れない。そして若しこれが事実だとすれば、それは現在の共働運動の致命的欠陥だと言へる。なぜなら、組合員一人一人の参加を見ない「共働」運動と言ふことは、既に文字上の矛盾だからである。……多くの運動専門家・職業的運動家は、この恥づべき事実に対して全く不感症に落ち入つてゐるばかりでなく、時には、組合員の意識程度の「低さ」を口実にして故意に大衆討議を避け、一切のことを専制的にやつてのけやうとする。[43]

この文章を書いた鑓田研一によれば、大東京は「単一組織」「十幾つかの組合の「合同」―「連合」ではなくして「合同」」であり、それは「各組合がそれ自体の独立性を放棄して「強大な」単一組織へ解消すること」を意味するという[44]。

大東京が主張する「合同」の意義は、第一に巨大単一組合化により銀行から低利で借り入れができるという実際経営上の利便だった[45]。しかし鑓田が批判するのは、「合同」の是非以上に、その決定が行われたプロセスに対してである。鑓田は「共働」を形骸化させないために、組合員間の合意形成のプロセスを重んじなければならないと言う。そして、「良き組合員と、良き役員と、良き常務者とが揃つた時にはじめて行ひ得る。現在の消費組合がしなければならない最も緊要なことは、さういふ人々の養成である」[46]と言うように、鑓田はこの問題を組合における人材育成の問題として捉えていた。この理解は、「組合当事者は経営に急であるため、組合員の教育といふことをとかく等閑にして来た」という先の平塚の指摘とともに、ここまでに論じた消費組合運動における地道さの問題にも通じるものである。

これとは反対に、支部単位の自主性の高さを東京共働社内の不統一と批判的に見る立場もあった。次の藤井一郎なる人物の証言は、「我等の家」独立の経緯を類推する上でも示唆的である。

東京共働社が、郊外市に於ける中産階級を組織することに依つて異常なる発展を遂げるや、〔連合会内の〕他の諸組合との構成要素との相違は、自然的に、キヤ《ママ》ツプを生まない訳には行かなくなつた。殊に郊外地に於ける中産階級は、階級運動の如き集団的訓練がなく、又、消費組合運動に対する見解も、従来の連合会を組織する各組合の構成要素である労働階級とは当然一致すべきもなかつた。一方に於て、東京共働社の組合長であり、一方に於て、連合会の理事長であつた広田氏の前には、二つの相反した方向を示す任務を背負はなければならなくなつた。[47]

藤井によれば、連合会は「労働階級」的性格を有するが、連合会所属中最大の組合である東京共働社は「中産階級」的だという矛盾があり、連合会の理事長であり東京共働社の組合長でもある広田は、またもや難しい立場になっていた。そして、広田にこうした困難をもたらしたのは、東京共働社郊外支部の「野心家」だと言う。

> 東京共働社は、永年の訓練と苦心経営の結果築き上げた強力な経済力を極度に活用した結果、郊外地に於ける各支部は、異常なる急速度な発展を遂げた。この急速な発展は一方に於て重大な欠陥を生んだ。それは、各支部の創立に当り必要な一切の経済的援助が本部よりなされた。各支部は、金融上の苦しみも知らず、経営上其他に就て、最善の条件を要求した。……支部の増加と、各支部の勢力が増大すると共に、其の結束力は乱れ、各支部はそれを利用せんとする野心家の支配に任ねられ、一貫した組合精神は忘却され、極度に狭い見解組《ママ》合個人主義的行動が公然と行れる様になつた。[48]

確かに平塚率いる成城支部は、東京共働社が本来「労働階級」的組合であるにも拘わらず、成城学園関係者を中心とする「中産階級」的性格を有していた。また、その経営手法も独自性の強いものだった。連合会内の労働争議支援の主張に水を差したのは、成城支部のような「中産階級」の組合であり、特に平塚は「争闘」という行為自体を思想的に受け入れなかった。一方で、そもそも東京共働社を「中産階級」路線に転換したのは、組合長である広田自身だった。そのために広田は、関消連内での立場と東京共働社組合長の立場との間に齟齬を来し、より明瞭に「労働階級」的であるはずの関消連を分裂させた。東京共働社の組織実態や指導者としての広田の資質を非難するか、各支部の活動を勝手我が儘と非難するかは、見解の相違というものだろう。しかし石川三四郎も論じたように、この展開は慎重さを欠いた組織拡大の結果として当然予期されることなのである[49]。

藤井によれば、こうした矛盾を抱える中で「青山義雄氏の問題」が起こったと言う。まず「青山氏と役員某氏との間」に対立が起こり、その時点で既に「極度に緊張してゐた広田氏と青山氏の対立関係の激化」を招いた。東京共働社執行部は青山の除名を決議し、広田は青山を解雇した。すると、「青山氏解雇の通知を受けた成城支部の婦人役員は青山氏の解雇問題を故意に成城支部を独立せしめる運動に迄で進展せしめた」と言う[50]。東京共働社内部に起こったこの問題は、他の連合会所属組合に「我等の家」独立を支持する動きが起こったことから、連合会全体の問題と化した。山本秋の詳しい証言によれば、「我等の家」独立を支持したのは総同盟と関係の深い江東消費組合だった[51]。また藤井も、「連合会の組織が、総同盟の指揮下に屈服」したと記している。東京共働社の分裂騒動には関知せずという態度であった豊多摩共働社ほかの諸組合も、総同盟を嫌って東京共働社とともに連合会を離脱した[52]。

以上を総合すると、およそ次のように考えられるだろう。運営方針の面では、中央集権化か各支部によるローカル単位での自主的活動を維持するかという、東京共働社指導部と成城支部の路線対立があった。それは経営上の利便や短期的な成果と、人間組織としての組合の成熟のどちらを優先するかという社会運動観の相違を反映したものであり、それ故に独断専行を厭わない東京共働社指導部のあり方は一部組合員の不満を招いた。その上で、連合会内で二大勢力だった東京共働社と江東消費組合の主導権争い、またこの主導権争いに関連した総同盟との関係如何の問題などが重なった。そしてそれらは、人間関係上の軋轢として表面化したのだった。結果として両者の見解はまったく食い違い、見苦しい人格批判も行われた。平塚がこの件について多くを語らなかったのは、忌避していたはずの「争闘」に至ってしまったことに対する、後悔や不快の念があったためではなかろうか。

小括

独立した「我等の家」は産業組合法の保護を受けない任意組合であり、財政面で非常な困難を抱えた。「我等の家」に謀反された東京共働社—発展解消して大東京—は、巨大単一組合化の意義として財政問題の解決を謳っていたのであり、「我等の家」独立は理念を失した中産階級組合による「経営万能主義」などではない。既に論じたように、小さな社会的単位における共同性構築を優先することは、消費組合運動における地道さという問題と深く結びついていた。その意味で平塚の運動は、運動の本質に対する確かな理解と、それに基づいた経営方針、さらには理念に対して意地を張る精神性の高さなど、評価に足るべき内容を持っていたと見ることができる。

一方、東京共働社組合長であった広田は、総じて実際運営上の利便を急ぎ、人間組織としての組合の成熟を軽んじたように思われる。広田からすれば、組織の長としてやむを得ない判断だった場合も当然あろう。それでも本書が広田の組織指導者としてのパーソナリティをいささか批判的に見るのは、「我等の家」側に立って広田と対立した青山義雄の人物像による。実際に青山を知る人々の回顧によれば、その人物像は広田とは対照的に、責任を持って淡々と自分の役割をこなし続ける朴訥とした社会運動家だった[53]。

広田と決別した青山は平塚の活動を助け、「我等の家」が家庭購買組合に吸収合併されてからは江東消費組合に移籍した。江東消費組合関係者による回顧録『回想の江東消費組合』（一九七九）には、青山から親切に運動の手ほどきを受けたという回想が多く掲載されている。そのうちから、宮原良平氏の回想を引用しよう。

私は戦後の一九四八年（昭和二十三）から今日まで約三十余年間、神奈川県の中央林間（大和市）から小田急電鉄を利用して東京の事務所に通っているが、車中から、成城学園前駅の近くにあった故青山義雄さんのお住みになった家を見て、いつも江東で一緒に働いた当時の青山さんを思い出している。

あの竹を割ったような気性と、かざらない、素朴そのものの風貌は、生粋の労働者からたたきあげた、良いものを余す所なく備えておられた。協同組合運動のような仕事には、組合員と共通な生活感情をもちうる最適な人柄として親しまれ、事実その働きは、際立っていた。その行動は自信に溢れていた。何故なら、青山さんの生協運動においての活動の経歴は私共の遠く及ばない程の苦難と多岐に亙る茨の道程であり、生来の強靱な肉体と意志力で見事にすべての闘いを乗り切ってこられたからである。……東京砲兵工廠の一労働者として、東京共働社の創立に参加し、更に、各支部の創設、組織化と消費組合連合会の機関誌発行の為の原稿書きからガリ版刷りまで一人でやりとげ、正に何でもやりこなす万能型の闘士といってよい人であった。東京共働社の成城支部が独立して、「消費組合我等の家（組合長平塚雷鳥女史）」となったときは、東京共働社理事長広田金一氏と袂を分ち平塚女史を助けて成城の組合の運営に全力投球された。54

こうした記述は、先の『大東京消費組合報』（大東京）と『消費組合時報』（連合会）における青山の人格評で、青山を評価する『消費組合時報』の方により信憑性があると思わせるものである。

ここまでに扱った人物たちが論じ、また活動していたように、消費組合運動において重要であるのは、組合員間の濃やかな共同性の構築や教育の普及など、根本的解決からは程遠い、ときに「卑近」と思えるような地道な活動だった。消費組合運動は教育水準や社会的属性の異なる広範な都市住民を取り込み、現実社会で経済活動を行うものである。それぞれの組合指導者たちは、実際運営上での様々な困難を前に、地道さという課題にどこまで真正面から向き合うのか頭を悩ませただろう。広田率いる東京共働社本部と平塚率いる成城支部の決裂も、根本的には地道さと実際運営という二つの調和し難い課題に如何に答えるかを巡っての対立であり、そこでは「卑近」な活動を粘り強く続ける指導者の人格が問われていたのである。

さて、以上までに明らかにした「我等の家」の活動を、平塚自身の思想的実践として考えるとき、どのような意味を持つだろうか。平塚は青年期の『青鞜』の活動において、「私」的個人同士の確かな相互理解に基づく公的秩序の可能性を知った。その公的秩序において平塚は「新しい女」を名乗り、何者かでありたい者であるという自己の欲求を満たすと同時に、『青鞜』のイデオローグとしての責任を果たした。そして、『青鞜』における「私達」の終焉から、平塚はある公的秩序が成立するための具体的な条件を学んだ。それは、多数の「私」の個人的な「生活」を尊重することと、そうした「私」的個人が日常において不断の心の交歓を行い、連帯を確認し続けることである。平塚が見出した実践のあり方は、社会運動としてはときに迂遠であり、女性参政権の獲得といった実際的な政治課題を掲げた新婦人協会では成功しなかった。しかし、消費組合運動においては、その迂遠さ―本章の論旨に従えば、「卑近」さとも言い得る―はかえって有効に機能することとなったのである。

それは同時に、平塚にとっては、自己が依拠すべき公的秩序を見出し得たということを意味する。「学園の住宅地」における人々の親密さを基礎に、地域コミュニティの生成を模索する「我等の家」において、平塚はまさにその「我等」の責任者となったのである。それは、本来、何者でもない者である自己にとって、絶対的に確実なものにはなり得なかったとしても、愛すべき自己や他者のために、積極的にそのような役割を引き受けたいと思えるものだっただろう。平塚の思想展開は、ようやくここに一時の安息を得たのである。

註

1　平塚の運動は、従来の消費組合運動の通史的研究ではほとんど省みられることが無かった。それは活動規模が小さかったことにもよるが、それ以上に従来の通史的研究が持っていた理論枠組みによるところが大きい。従来の通史的研究では、消費組合運動を「市民消費組合」「労働者系消費組合」の大きく二つに区別してきた。前者は都市中産階級による市民生活向上を目的とした組合、後者は労働運動の一環として行われた組合を意味する。そして、通史的叙述の中心となるのはほとんど後者の組合だった。そこにあるのは階級的自覚の有無という評価軸であり、「市民消費組合」の典型例とも言える平塚の運動は注目されなかった。また平塚個人の思想研究では、米田佐代子氏が「我等の家」の運営が女性中心であったこと、日常生活に立脚した運動だったことに注目し、「母性と婦人の自立の両立の道を模索」したものとして、またクロポトキン『相互扶助論』由来の「協同自治社会」構想の所産だと論じている。しかし一方で、平塚が無政府主義に共鳴していたことなどから、「現存する社会秩序をどのように変革することによって理想社会を実現するのかというプログラムが欠けている」とも付け加えている（米田佐代子「解説」『平塚らいてう著作集』第五巻、大月書店、一九八四年、四〇八～四一五頁。また、同『平塚らいてう―近代日本のデモクラシーとジェンダー』吉川弘文館、二〇〇二年も参照）。なお、近年にはまとまった資料の発見があり、折井美耶子氏がその詳細な紹介を行っている（「平塚らいてうと「消費組合　我等の家」―新資料を中心に」『平塚らいてうの会紀要』一、二〇〇七年）が、資料に乏しい状況は変わっていない。

なお、消費組合運動の通史的研究には、奥谷松治『改訂増補　日本生活協同組合史』（民衆社、一九七三年）、山本秋『日本生活協同組合運動史』（日本評論社、一九八二年）がある。奥谷『改訂増補　日本生活協同組合史』は「戦前、最も整った形の生協通史」（山本『日本生活協同組合運動史』、二頁）だった『日本消費組合史』（高陽書院、一九三五年）を基礎に、戦後にも加筆・再版を重ねたものである。山本『日本生活協同組合運動史』も同著をベースとする。両著は豊富な資料に基づく詳細な通史として今日でも最重要文献であり、本書における事実関係の整理も両著に拠ったが、煩瑣になるため引用でない限りいちいち註を付さない。

2　『消費組合時報』第二号、一九三〇年九月五日。
3　前掲奥谷『改訂増補　日本生活協同組合史』、一五六頁。
4　豪徳寺を含む現世田谷区中東部（旧東京府荏原郡）は、一九三二（昭和七）年に東京市に編入されて「東京市世田谷区」となった。成城学園都市が作られた東京府北多摩郡砧村は、一九三六（昭和一一）年に東京市世田谷区に編入されている。
5　南博『大正文化』（勁草書房、一九六五年）、原田敬一「広がりゆく大都市と郊外」（季武嘉也編『大正社会と改造の潮流』吉川弘文館、二〇〇四年）など。
6　前掲山本、三一三頁。
7　消費組合運動史家の山崎勉治は、関消連と連合会を「左、右の二つの連盟ではなく、事実は共に（左＋右）の労働者消費組合連盟である」として、分裂の原因を「幹部の感情的対立」としている（「消費組合運動に於ける幹部の対立と大衆」『産業組合』三一一、一九三一年九月、二三頁）。
8　山崎勉治『日本消費組合運動史』日本評論社、一九三三年、二五〇〜二五一頁、前掲山本、三一〇〜三一二頁。
9　前掲山本、三〇九頁。
10　当時、関消連の常任中央執行委員の一人であった山本秋は、これら講習生の言動を「小児病的」と評している（前掲山本、三一五頁）。
11　前掲山本、三一五頁。
12　前掲山崎『日本消費組合運動史』、三一二〜三一三頁。

13　同右、三一五頁。
14　安部磯雄『社会問題解釈法』東京専門学校出版部、一九〇一年、一一二～一一八頁。
15　同右、一七～一九頁。
16　同右、二一頁。
17　石川三四郎『消費組合の話』平民社、一九〇四年、四～五頁。
18　本位田祥男「ロッチデール開拓者の記念の為めに」『産業組合宣伝叢書　第二十四輯』産業組合中央会、一九三五年、三～九頁。
19　前掲山崎、三一二頁。
20　平塚「砧村雑草」『婦女新聞』一九三〇年七月二七日、六頁。
21　連合会の綱領には「一、我等は民主的経営の徹底を期す。／二、我等は消費組合に依る新しき生産、分配組織の確立を期す。／三、我等はロッチデール主義消費組合の全国的結成を期す。」（東京市産業局庶務課編『東京市に於ける消費組合の概況』東京市、一九三四年、四七頁）とある。
22　城山登美子「東京における婦人の消費組合への参加活動」『婦人』一九三〇年一二月、協同組合史研究会編『歴史資料集　第六号　家庭購買組合―設立から解体へ』二〇〇一年、一一六頁。
23　平塚『元始、女性は太陽であった―平塚らいてう自伝（完結篇）』大月書店、一九七三年、二三六頁。
24　「町内会の設立について（仮題）」、世田谷住宅史研究会『世田谷の住居―その歴史とアメニティ　調査研究報告書』「第一〇章　成城学園住宅地関係資料」一九九一年、二四九頁。文中で「二月十六日（木曜日）」に会合を開くとあることから、同資料は一九二八（昭和三）年のものと思われる。
25　平塚「砧村雑草」『婦女新聞』一九三〇年六月二九日、八頁。
26　平塚「砧村雑草」『婦女新聞』一九三〇年七月六日、六頁。
27　当時の消費組合運動が抱えていた困難の一つとして、産業組合法の保護を受けた消費組合を民業圧迫と見る商業者が行った反産運動がある。反産運動に組織的、政治的に対抗する上でも、連合組織を作ることは重要だった。しかし、平塚は「お魚と野菜だけは組合が取扱はないので、依然土地の商人からボラれながらも買ふより外なかつた」（「砧村雑草」『婦女新聞』一九三〇年六月二九日、八頁）と記しているものの、成城支部が反産運動にどれほど直接的な影響を受けたかは疑問である。平塚の長男である奥村敦史氏の回想によれば、「近くにあるのは食料品店「石井商店」（現在の「成城石井」）と、酒屋乾物雑貨屋の「笹屋」、それに「松浦靴店」があるだけだった。「石井」は地元の農家が出した店であり、「笹屋」と「松浦」は、学校が牛込区（現・新宿区）原町にあった頃、近くにあった店が、学校が現在の地に越すにあたって、一緒に付いてきた」という状況だった（奥村直史『平塚らいてう―孫が語る素顔』平凡社、二〇一一年、九八頁）。憶測の域を出ないが、成城支部で独立性の高い活動が可能だった背景には、当該地域内に都市生活者向けの商業ネットワークが成り立っていなかったという事情もあるかと思われる。

28 前掲『消費組合時報』第二号。
29 前掲折井、一一頁。
30 産業組合中央会編『産業組合調査資料第五〇輯　消費組合経管事例第二輯』一九三二年、一三一頁。
31 前掲安部、一六頁。
32 同右、二四六頁。
33 前掲石川、九二～九三頁。
34 本位田祥男『消費組合運動』日本評論社、一九三一年、一七三～一八〇頁。
35 同右。
36 同右、六六頁。
37 平塚「婦人戦線に参加して」『婦人戦線』一九三〇年四月、三七頁。
38 平塚「本能としての共働心の発展―自然的道徳について」、初出誌不明、一九三〇年、引用は『平塚らいてう著作集』第五巻、大月書店、一九八四年、二二八頁。
39 前掲平塚「婦人戦線に参加して」、三八頁。
40 前掲『元始、女性は太陽であった―平塚らいてう自伝（完結篇）』、二六九頁。
41 「連合会問題批判」『大東京消費組合報』第一号、一九三二年一二月二〇日。
42 「東京共働社脱退問題に就て」『消費組合時報』一九三二年一一月二五日。
43 鑓田研一「共働運動に於ける組織の問題―大東京消費組合の結成に反対する」『消費組合』七、一九三三年三月、一八頁。

44　同右、一九頁。
45　「単一消費組合の結成に直進せよ」、前掲『大東京消費組合報』第一号。
46　前掲鑓田、二五頁。
47　藤井一郎「連合会の分裂とその批判」『消費組合』六、一九三三年一月、六一～六二頁。
48　同右、六三頁。
49　前掲鑓田（一七頁）によれば、石川三四郎も大東京消費組合の結成に反対だったという。
50　前掲藤井、六三～六四頁。
51　前掲山本、三二七～三二八頁。
52　前掲藤井、六五頁。
53　一九二六（大正一五）年の共同印刷争議を描いた徳永直「太陽のない街」（一九二九）に登場する「広岡」は、青山をモデルとした人物である（前掲山本、二三〇頁）。
54　宮原良平「江東消費組合時代を顧みて」『回想の江東消費組合』一九七九年、一六七頁。

結論

本書では、近代日本において「私」的だとみなされた「生活」と、これに依拠した個人の思想が、それ自体においていかなる政治的・社会的意義を持ち、その可能性を展開させていったのかを考察した。以下ではそれを小括し、展望を述べることを以て結論としたい。

前篇では、近代日本における個人主義思想のメルクマールだった与謝野晶子の思想遍歴を辿った。

与謝野の自己探求とは、常に理想と現実という浪漫主義的な世界構造を前提に、浪漫主義的な理想に合致する自己を追い求めるものだった。その結果として、与謝野は雑誌『明星』という舞台における公的な役割を引き受けることをみずからに課した。その役割とは、『明星』同人の女性間で共有されていた「この国のホーム」という課題に回答を示すこと、そして、他の『明星』女性同人たちの道標となるべく、「つよきみこころ」を持つという虚妄の自己をみずからの実像として引き受けることだった。与謝野はそのために、「気を附て大人らしく大人らしく」せよという孤独な諭しをみずからに与え、「ホーム」的情愛に泥んでいた本来の弱い自己を封じ込めようとした。かかる意味で、確かに与謝野は『明星』という公的秩序における責任主体だった。

その一方で与謝野は、唯一絶対の「公」を称して迫ってくる大日本帝国に対しては、その「公」的責任を引き受けようとはしなかった。「君死にたまふことなかれ」をめぐる論争や大逆事件では、みずからを「私」

的存在であると規定することによって「公」としての大日本帝国を拒否した。明治末年の洋行体験も、「私」的個人であるという与謝野の自己認識をより確かなものとする結果となり、「公」としての大日本帝国に対しては程よい諦観を示すにとどまった。

しかし、そうした「私」的諦観は、浪漫主義者としての与謝野を完全に満足させるものにはなり得なかった。みずからが「私」的境遇に泥んでしまうことを許容できずに、浪漫主義的理想に適う自己の回復を目指した与謝野は、結果として母性保護論争において女性の「経済的独立」を頑なに主張するに至る。しかし、それは「公」としての大日本帝国に参与することではなく、目指されたのは「倫理的」に覚醒した主体的な国民による新国家の建設や「相互扶助」、そして、それによる「生活」の救済だった。

後篇では、近代日本におけるオルタナティブな秩序の創造者として理解されてきた平塚明子（らいてう）の思想遍歴を追った。

平塚が一貫して目指していたのは「本当の私」であることだった。それは、「社会」の価値規範が付随した所与の言葉では語り得ない、認識論上の他者不可知性を帯びた何者でもない者としての自己だった。一方で平塚は、あらゆる人間存在とは、互いに語り語られることでしか現象し得ないものであることも理解した。結果、「元始、女性は太陽であつた」で示されたのは、不断の反省の上に自他を語ろうとする強靭な認識主体のあり方だった。そこには、言葉の暴力性を拒否するのではなく、逆によりよく語り語られようと努力する、即ち何者かでありたいと願うもう一つの意志があった。

平塚のその後の諸活動は、この相反する二つの思想的モメント―何者でもない者であることと、何者かでありたい者であること―を可能な限り調和させようとする努力に他ならなかった。『青鞜』での経験は、日常における不断の心の交歓によって支えられる親密さの形成と、個々の「私」の「生活」を尊重しながら行われる段階的な社会運動という具体的な方法論を平塚に与えた。『青鞜』に続く新婦人協会の活動では、この方法論は成功しなかった。女性参政権獲得といった実際的な政治目標を掲げる新婦人協会においては、平塚の目論見はあまりに遠回りであり、ときに活動の発達を阻害するものだとすら見なされた。しかし、昭和戦前期の消費組合運動においては、それが組合員間の濃やかな共同性の構築や教育の普及など、根本的解決からは程遠い「卑近」な活動を必要とする社会運動だったことから、平塚の見出した方法論は有効に機能することができた。

その間、平塚は与謝野よりも自覚的に、「公」としての大日本帝国に対する反抗者だった。同時に、大日本帝国と共犯関係にある既存の「社会」に対する反抗者でもあった。平塚の「社会」に対する闘争が、すなわち所与の秩序に対する価値の闘争である以上、それはやはり所与の「公」を相対化し、ラディカルな改変を迫るものとなるだろう。そのためかえって、女性参政権獲得運動のような所与の「公」の秩序を一定程度前提とする活動においては、思想性以前の態度のレベルでその取り組み方を疑問視されてしまった。その意味では、序論および後篇で示した平塚を批判的に見る諸研究は、平塚自身の思想に比すれば、所与の「公」をそれなりに前提として受け入れる真面目さを持つものだった。平塚はそうした批判をさらりとかわしつつ、「生活」に依拠ながら、段階的かつラディカルに新たな公的秩序を模索したのである。

与謝野・平塚二人の思想は、いずれも本人あるいは周囲から私的だと目された「生活」に依拠しつつ、その「生活」の上での必要や、また「生活」を通して培った自己のあり方、倫理観に則して、それぞれに新たな公―本書ではこれを公的秩序と仮に表現してきた―を展望しようとするものだった。二人の思想は、言ってしまえば自己中心的である。第五章でも述べたように、たとえば松尾尊兊氏の平塚に対する「自己中心的」だという批判を本書は否定しない。しかし言うなれば、二人は自己中心的であるからこそ、所与の「公」を相対化し、新たな公のあり方を模索し得たのである。そして、二人が模索した公のあり方の相違は、根本的には両者の自己なるものに対する認識の相違に基づいていた。二人の思想は、「生活」に依拠した自己の充足を求めるという思想のプロセスの面では共通する性格を持ちつつ、自己そのものに対する認識や、そこから演繹される公の構想については異なる結論に達していたのである。このことから、序論で示した問題について本書なりの回答を示したい。

まず、そもそも近代日本における「生活」とは何であったのか。本書で指摘できることは、現代における一般的な用法に比べて、はるかに精神的な要素、とりわけアイデンティティ的課題への回答という期待が、とくに物質的な充足以上に求められていたことである[1]。与謝野は家族の生計のために生きるみずからを「私の生活は物質そのものだ」と形容したが、結局はその状態に満足することができず、母性保護論争においては「精神」的価値の創出によって「生活」上の「物質」的困難を克服しようとした。浪漫主義者である与謝野には、自己の「精神」が「物質」に服従することが耐えられなかったからである。また平塚は、「生活」を「精神生活」と「物質生活」に区別し、基本的には「精神生活」をより重要だと考え、「物質生活」の充足を「精神生活」の充足のための手段として位置づけた。「精神生活」と「物質生活」のバランスを保つことは、個々の「私」を尊重しながら段階的に発展すべしという平塚の社会運動観によく表れているし、また昭和期の消費組合運動は、そもそも二つの「生活」のバランスを保つことにつながりやすい運動だと考えることもできる。

「生活」にアイデンティティの問題が伏在しているとすれば、そのことにはどのような意味があるだろうか。まず考えたいのは、大正期以降における「生活」が論じられる際に言及されるいわゆる「合理化」の問題についてである[2]。序論で述べたような都市大衆の登場は、きわめて経済的な意味での「生活」の不安と、これを是正するための「合理化」の運動を引き起こした。その結果、福祉行政の担い手たる国家は国民生活への影響力を強め、やがて経済統制による全体主義国家の形成へと繋がったことは夙に指摘される。大正・昭和戦前期における「生活」問題とは、国民個々の「生活」の護持という意味ではデモクラティックな性格を持つものだったが、同時に戦中の総力戦体制を準備することにもなったというディレンマを抱えている。

しかし、ときに物質経済的な意味での合理性とは対極にあるアイデンティティの充足が、「生活」の根源的な要素として潜在的、あるいは顕在的に求められていたのである。このことは、たとえば今日しばしば見られるような、「生活」の不安がナショナル・アイデンティティに基づく安易な排外主義に一足飛びに直結し、またかえって自由主義経済の促進を是とする政権が誕生するというような、「生活」的に考えればかえって非合理的な現象が生じる一つの理由ともなろう。言うなれば、「生活」の合理化を求める個人そのものが、そもそも非合理な存在なのである。

「生活」の合理化を求める個人の非合理性―このパラドックスには、個人を所与の「公」に回収させてしまう危険性と、所与の「公」を超越させる可能性の両方を認めることができる。序論で言及した諸先達の議論は、基本的にはこの危険性の方を重視し、故に「生活」に依拠した個人の思想的狭隘さを問題にしたものだったと言えるだろう。しかし、だからと言って個人なるものの非合理性そのものを克服することなどできるだろうか。本書で考えたいのは、危険性ではなく可能性の方である[3]。

重要であるのは、「生活」におけるアイデンティティの充足とは、みずから追い求めた自己の実現であると同時に、他から期待された自己の実現でもあったことである[4]。『みだれ髪』時点での与謝野の自己とは、『明星』というメディア上で同人たちから期待された虚妄の自己だった。与謝野はそれを知りながら、みずから進んで本当の自己として引き受けようとした。また平塚も、「本当の私」とは何者でもない者であると考えながら、『青鞜』においては自他に「新しい女」であることを課した。認識論上の他者不可知性を考えれば、平塚が自他に課した「新しい女」なるものもまた虚妄の自己に他ならない。つまり、二人は公への責任のために、敢えて何らかの虚妄の自己を引き受けようとしていた。個人の純然たる自由意思による選択という近代個人主義的な幻想を否定し、「宿命」の裡に自己を措定する「演技」にこそ人間の本質を見出したのは福田恆存だった[5]が、与謝野と平塚におけるアイデンティティの充足も、言うなれば「生活」という物語が必然として要求してくる配役を、敢えてみずから選択した結果であるかのように引き受け得たところに生じたものと言えよう。

あわせて考えるべきは、与謝野も平塚も自己探求の思想家でありながら、同時に自己なるものの虚妄性を理解していたことの意味である。選択する対象が虚妄であると知りながら、敢えてその虚妄性に賭けるところに、決断し、責任を引き受ける確固たる政治主体が立ち現れるとは、かつて丸山眞男が論じたことだった。

この〝賭け〟のモメントを無視し、あらゆる行動をアプリオリな原理・法則・法規からのメカニックな適用と理解する論理主義・規範主義的思考は、さきに述べたように状況認識として固定的・静態的であるだけでなく、行動における人格的個別的決断をなんらかの非人格的一般者（真理・正義・自然法）

のなかに埋没させる点で、自ら意識せずともある欺瞞をふくみ、また、そこには道徳主義の裏側としての政治的無責任が生まれやすい。一般原則によって汲み尽くされない〝賭け〟であるからこそ、それは自分の責任における賭けなのである。[6]

与謝野の場合は、自己に浪漫主義的理想を体現することを求めていた点で、丸山が言う「非人格的一般者（真理・正義・自然法）」を一切排したものであるとは言い難い。また、平塚の場合も、「太陽」という超越的な認識主体を目指していた点では同様だろう。しかし、両者はいずれも超越的な自己のあり方を求めていたが故に、現状における自己のあり方に満足することなく、かえってそのときどきの自他をめぐる関係性の中で、しかるべき虚妄の自己を選び取っていたのである。そのような意味においてであれば、二人は確かに近代日本の「生活」から生まれ出た政治主体だった。アイデンティティの充足を「生活」に求める自己中心的な個人とは、かえってそれ故にこそ他者性を帯びた政治主体となり得るのである[7]。

そして、そのような意味で政治主体となった二人が取り組んだのは、同じく「相互扶助」という問題だった。与謝野の考える「相互扶助」とは、個人が「倫理的」独立を果たすことによっておのずと実現されるという、近代個人主義思想の極致とも言うべきものである。一方、平塚が消費組合運動を通じて目指した「相互扶助」とは、共同性の再構築を目指す新時代の社会運動の形態を採っていた。二人が考える「相互扶助」の社会の形はまったく異なるが、それはかえって、所与の「公」を超越したところに構想される「相互扶助」の社会が、人々の「生活」の数だけ多様なイメージを創出し得ることを示していると言えよう。

ここに、「生活」する自己中心的な個人が「近代的自我」という迷夢から抜け出し、新たな自他の関係性、ひいては新たな公を再構築していく端緒が見出せるのではないか。近代日本において、いかにも「私」的な「生活」を生きる自己中心的な個人とは、それ自体において個人であることを超えて、より広範で多様な関係性を創造し、その実現のために発言し、行動する―少なくとも、そうした可能性を持っているのである[8]。

自己探求の思想家としての与謝野と平塚がなした公の創造―その成功や失敗、またその可能性や未熟さも、いずれも二人の思想が、いかにも私的な個人としての「生活」に依拠していたことに原因がある。そのことは、私的個人であること自体が問題なのではなく、どのような私的個人であるかが問題であることを示している。そして、この問題を考えることは、所与の「公」ではない、多数の私たちが共生する新たな公の実現可能性を切り開くことにやがてはつながっていくはずである。こうした展望を持つところで、とりあえず本書は筆を擱くこととしよう。

註

1 松田忍氏は、日本近代思想史において「生活」が重要なキーワードとなることを論じる際、「新しく誕生した個々の人間の内面を重視する価値観を指して「生活」が用いられたという側面があった」とし、「内面的（精神的）な要素」を強く含意する当時の「生活」概念について、「「生活」ということばの使用法をめぐる〈現代との〉落差こそが大正期の「生活」分析のために歴史研究者が意識すべきことである」と指摘している（「「生活」の時代、その源流」『日本歴史』七六九、二〇一二年）。本書は松田氏の指摘に強く示唆を受けたものであるが、その上で、それがとりわけアイデンティティの問題に深く関わることを指摘したい。なお、松田氏の指摘の前提となる議論として、岩本通弥「『生活』から『民俗』へ―日本における民衆運動と民俗学」（『日本學』一二九、東國大学校文化学術院日本研究所、二〇〇九年）も参照。

2 たとえばいわゆる「大正デモクラシー」論を批判的に検討した有馬学氏は、「生活」の合理化運動とこれに伴う行政国家の台頭、かつその中における人々の「国民」化の現象を以て、一九二〇年代から戦中・戦後までの連続した政治史の展開を明らかにしている（「戦前の中の戦後と戦後の中の戦前―昭和十年代における「革新」の諸相」『年報近代日本研究一〇 近代日本研究の再検討と課題』山川出版社、一九八八年）。

3 この意味で、「日露戦争後の新しい世代の間における「個」の意識の成長」に「大正デモクラシーへの歴史的萌芽」を見出した岡義武「日露戦争後における新しい世代の成長」（『思想』五一二・五一三、一九六七年二・三月）の議論は、近代日本における個人主義と政治との関係を考える上で、今なお基本となるものと言うべきだろう。

4 ここで言うアイデンティティとは、今日の社会学が教えるところの、他者のまなざしをみずからの存在についての認識として内に取り込むことによって生じる、自己という現象の生成要因である（たとえば、浅野智彦「近代的自我の系譜学1―ピューリタニズム、スノビズム、ダンディズム」『自我・主体・アイデンティティ』岩波講座現代社会学、第二巻、一九九五年など）。言うなれば近代における「生活」とは、こうした意味でのアイデンティティと、「近代的自我」の幻想を見る人々の欲求が調和する場として期待されたものだとも言えよう。

5 「私たちが欲しているのは、自己の自由ではない。自己の宿命である。……私たちは自己の宿命のうちにあるという自覚においてのみ、はじめて自由感の溌剌さを味わえるのだ」（福田恆存『人間・この劇的なるもの』新潮社、一九五六年、新潮文庫、三二頁）。

6 丸山眞男『丸山眞男講義録 第三冊 政治学1960』東京大学出版会、一九九八年、二八頁。

7 このことについては、たとえば渡辺和靖『自立と共同―大正・昭和の思想の流れ』（ぺりかん社、一九八七年）なども参照。

8 こうした展望については、宇野重規『民主主義のつくり方』（筑摩書房、二〇一三年）の第二章「近代政治思想の隘路」、また猪木武徳、マルクス・リュッターマン編『近代日本の公と私、官と民』（NTT出版株式会社、二〇一四年）の序章、猪木武徳「公と私の境界、転換点、収束点―利益と智・徳」からも示唆を受けた。

初出一覧

（第一章）
「明治期与謝野晶子における自己認識の変容」『日本思想史学』、日本思想史学会、第四二号、二〇一〇年九月
（第二章）
「大正初期における与謝野晶子の国民意識―母性保護論争前史として」『日本思想史研究』、東北大学日本思想史研究室、第四三号、二〇一一年三月
（第三章）
「与謝野晶子の「経済的独立」論再考―第一次大戦下の生活意識と個人の倫理的独立」『歴史』、東北史学会、第一二一輯、二〇一三年一〇月
（第四章）
「何者でもない者、何者かでありたい者、「自分」―らいてう平塚明子の初期思想闘争」『文藝研究』、日本文藝研究会、第一七四輯、二〇一三年一月
（第五章）
「らいてう平塚明子の社会集団段階構築論」『日本歴史』、日本歴史学会、第七九八号、二〇一四年一一月
（第六章）
「戦前期消費組合運動における理念と実際運営―平塚らいてう「消費組合我等の家」に注目して」『日本経済思想史研究』、日本経済思想史学会、第一六号、二〇一六年三月

※本書執筆にあたっては、各章とも初出時から大幅に改稿している。

あとがき

最近、みやぎ生協でコープ共済に加入した。「もう三十過ぎたのだから」とか「急な病気や入院に備えて」ということを言われて、それもそうだと思って調べてみたら、一般の保険会社は保険料が高くて、三十そこそこの人文系若手研究者ではなかなか手が出ない。そうしたら、コープ共済が安いという話を聞いて、まだ独身だし、これで十分と思って加入することにした。

思えばみやぎ生協にはずいぶんお世話になっていて、毎週水曜日には職場まで食料品を配達してもらっている。この本の第六章のテーマは協同組合運動だけれど、そのあたりの研究を始めた頃は生協の組合員ですらなかった。それが結果的には、研究対象である先人たちが作ってくれた「相互扶助」の恩恵を享受している。この本の中で、第六章の論述の仕方がやや浮いているが、そのことについて本書の論法で以て言い訳をすれば、筆者自身の私生活の問題から始まった公的な関心を表現した結果だということになる。

それにしても、みやぎ生協に加入したときに、箱ティッシュや洗剤、さらには出資金と同額のお買い物券までくれたことには驚いた。昭和初期の協同組合運動が、どれだけ現金の不足に、あるいは組合員の無理解にその経営を苦しめられたことか。それが今では、突然加入したいと言ってきただけの、どこの誰とも知らない若造に、いきなり出資金キャッシュバック同然のサービスをしてくれる。配達もそうだ。昭和戦前期では、各家庭への配達に要する人件費は、組合経営を圧迫する最大の要因だった。現在の生協のサービスを戦前の協同組合運動家に見せたらさぞ驚くだろう。近代史にはいろいろな問題があるけれど、総じて言えば、いろいろな人の働きの分だけこの社会は豊かになって、きっとそれはとても良いことなのだと思う。

この本のテーマは、平たく言えば、近代的な私的個人が社会とどのような関係性を持ち得るか、というものだった。別に最初からそのようなテーマで研究したかったのではなく、与謝野晶子を始めた当初の関心は銃後の戦争体験だった。「君死にたまふことなかれ」と詠んでいるのだから、そこには銃後の戦争体験があるのだろう——と漠然と考えて、それが空振りになったところから迷走が始まった。与謝野の作品を若い頃から順々に読んでみたら、恋愛感情を赤裸々に詠んだものばかりだったからだ。さてどうしたものかと思ったが、修士論文を考えると研究対象を途中で変えるのも都合が悪いので、結局、単に与謝野の個人としての思想形成を辿っていくことになった。

それはそれで面白かったけれど、結局の問題関心は何かと聞かれると、いや、それがよく分からないのです、考えてはいるのですが——という、何とも心許ない状態が長かった。結果的に、そのときどきの漠然とした関心であったり、そのときに自分なりに考えていたことであったりが、個別の論文の主題になった。そのためか、この本の原稿を読み返してみると、「ああ、これを書いたときはこんなことがあった」と思い当たる節が多い。そして正直、今ならこんな関心で論文を書こうとは絶対に思わないだろうということも多い。今になってみれば、自分の思慮の浅さに気恥ずかしくなる。たぶん、特定の思想家について、いわゆる近代的個人としての思想形成過程をたどり、その倫理観を構造的に明らかにするというような、どこか青臭さの漂う——そうした研究を否定するつもりはないが、自分のものはどうしてもそう見える——論文は、もう書かかないような気がする。

第五・六章の平塚論あたりは、自分の中にあった漠然としたものを掴めつつある（気がした）中で書いたものなので、議論の是非や価値はさておき、少し安心して読むことができる。コープ共済もその一つだが、論文を書く以前の私生活の段階で、自分の周囲で、比較的手に届きやすいところで、少しずつ社会的な広がりを感じながら書いていたからだと思う。その感覚の多くは、一つは四年半にわたった仙台の日本語学校での非常勤講師の経験、そしてもう一つは、現職場である吉野作造記念館での経験に拠っている。

日本語学校の学生たちはみないい子で、仕事は本当に楽しかった。同時に、彼らと楽しく過ごす中で、たとえば現代社会におけるいわゆるマイノリティ―「日本」内部に在る他者、とでも言うべきだろうか―のことなど、直接顔が見える距離で、考えさせられることも多々あった。非常勤講師ですらそれを感じたのだから、本業として取り組んでいる方々はどれだけ常日頃、難しい現実と責任を引き受けているのだろうか。今は日本語教育から離れてしまっているが、いずれまた自分なりの形で携わりたいという気持ちが強い。

現在はご縁あって吉野作造記念館という博物館施設で研究員となり、有意義で豊かな勉強の機会を与えて頂いている。記念館の学芸業務や、そこで扱うテーマはずいぶんと幅広い。たとえば企画展示では、多方面で活躍した大正デモクラット・吉野作造の思想を反映して、単に政治史上の事柄にとどまらず、多様な文化的・生活的・市民的価値の発展という広義の大正デモクラシー的現象がテーマになる。その中には、自分のこれまでの浅薄な研究でも少しは役立つこともあり、それによって展示を作ったり、人前でお話させて頂いたり、たいしたことが出来ているとは到底思えないが、ときには面白かったと言って頂いたり、お褒めの言葉を頂いたり、楽しい出会いがあったりもする。こうした場所で、自分にもできる仕事があるのだな、と思えた感覚が、結果的にこういう本ができあがった直接の理由だと思う。

自分は結局のところ、どこまでも私的で矮小化された個人なのだと思うし、きっとそれは今後も変わらない。おまけに想像力が無いので、目に見える距離で、実感としてそうだと思えること以外には、あまり関心が向かない。この本の主題がいわゆる公共性ではなく、あくまで私生活の政治性であるのもそのためだ。それは確かに、見方によっては堕落した個人主義なのかもしれないけれど、仕方が無いことは仕方が無いので、それなりに考えられることを考えてみました――というのが、執筆を終えた段階での感想になる。自分以外の人にとって、そのことにどれだけの意味があるのかは全然自信が無いけれど、右のようないくつかの経験があった上でこういう形になったことは、自分としては良かったと思っている。

そうした次第で、ここに至るまでには、ずいぶん多くの方にお世話になり、またご面倒もおかけした。東北大学日本思想史研究室の佐藤弘夫先生には、研究者たるものの心構えを常に示して頂いた。片岡龍先生には、書を読み、学問をするとはどのようなことなのかを、そのお人柄から教えて頂いた。学位論文の審査に当たって下さった国文学研究室の佐藤伸宏先生にはいつも親身なご指導を頂いた。

学部生時代にご指導をいただいた日本語教育学研究室の才田いずみ先生、名嶋義直先生にも御礼申し上げたい。四年半にわたってお世話になった仙台ランゲージスクールの教職員の皆様、そして、おそらくはもうきっと会うことができない多くの学生たちにも感謝している。

また、現職場である吉野作造記念館の職員の皆様、記念館指定管理者であるＮＰＯ法人古川学人の佐藤俊明理事長はじめ理事、関係者の皆様にも感謝の気持ちをお伝えしたい。とりわけ研究職として生きていく道を開いて下さった前館長・大川真先生には御礼の申し上げようもない。そして、自分などが口にするのも憚られるが、この私的個人の狭隘な視野を啓いて下さった吉野作造先生の学恩に深謝している。

校正を手伝ってくれた上に、たくさんの率直で有意義な意見をくれた吉川裕君、最後まで本書の執筆を励まして下さった東北大学出版会の小林直之さんにも厚く御礼申し上げます。最後の最後にふらついた筆者を力強く励ましてくださった小林さんのメールで、敢えて何か言葉を連ねるということの難しさと大切さを、あらためて考えることができました。思えばそれは、「虚妄の自己」を引き受けた与謝野と平塚が教えてくれたものだったはずなので、執筆の最後になって今さらそれに気づくようでは困ったものですが…、日々勉強です。

御礼を言わなければならない方を数え上げるとキリがないので、失礼ながらこのあたりで。最後に、見境の無い人生選択を応援してくれた両親に、この本を以てここまでの人生の報告とします。

二〇一八年三月

＜著者略歴＞

小嶋　翔（こじま・しょう）

1984年、東京都生まれ。2014年、東北大学大学院博士課程後期修了。博士（文学）。現在、吉野作造記念館（NPO法人古川学人指定管理）事業企画・研究部主任、尚絅学院大学総合人間学部非常勤講師。専門は日本近代思想史。

装幀：大串 幸子

近代日本における私生活と政治
与謝野晶子と平塚らいてう
―自己探求の思想―

Private Life and Politics in Modern Japan
Akiko YOSANO and Raicho HIRATSUKA :
Thought of Self-quest

2018年 5月22日　初版第1刷発行
2018年11月15日　初版第2刷発行

著　者　小嶋 翔
発行者　久道 茂
発行所　東北大学出版会
〒980-8577　仙台市青葉区片平 2-1-1
TEL：022-214-2777　FAX：022-214-2778
http//www.tups.jp　E-mail：info@tups.jp
印　刷　社会福祉法人　共生福祉会
萩の郷福祉工場
〒982-0804　仙台市太白区鈎取御堂平 38
TEL：022-244-0117　FAX：022-244-7104

ISBN978-4-86163-287-7　C3031
定価はカバーに表示してあります。
乱丁、落丁はおとりかえします。